우리 만나는 그 날

아기를 기다리는 예비 엄마의 마음

우리 만나는 그날

김선미 지음

마음세상

들어가는 글

9년 6개월 동안 한 직장에서 유아 교사로 근무했다. 수많은 아이와 부모를 만났다. 일도 하고 자기계발도 하면서 육아까지 척척 해내는 엄마들을 보면 나도 저런 멋진 엄마가 되고 싶다는 생각이 들었다. 무슨 일이든 열심히 하는 교사로서 많은 사람에게 분에 넘치는 칭찬과 인정을 받았지만, 막상 내가 엄마가 된다는 생각이 들 때면 과연 잘할 수 있을까 라는 불안함이 생기기도 했다.

엄마가 된다는 사실에 대해 불안하고 두려웠던 마음이 어디서부터 시작되었는지는 정확하지 않지만, 꽤 오랫동안 마음 한구석에 자리 잡고 있었던 것 같다.

결혼 6개월 만에 교통사고를 당했다. 다행히 큰 외상은 없었지만, 건강은

최악으로 나빠졌다. 관리자의 역할을 감당해야 했던 바쁜 직장생활, 처음 해보는 살림, 주말마다 이어지는 각종 경조사, 격주로 다녀왔던 시댁과 친정. 이미 체력은 바닥을 달리고 있었고 그 와중에 사고까지 당했으니 몸이 견뎌줄 리 없었다.

난생처음 원인 모를 피부 발진으로 밤새 울면서 피가 날 정도로 긁어댔고, 위염과 위궤양에 한 달 가까이 멈추지 않는 부정출혈까지 생기면서 몸은 물론 정신적으로도 예민하다 못해 피폐해져 갔다. 여기저기 병원을 돌아다니며 좋다는 약과 음식은 다 먹어봤지만, 여전히 나의 몸과 마음은 회복되지 않고 있었다.

교통사고를 당하고 얼마 후 아이가 생겼다. 결혼한 지 3년째 되던 해였다. 기뻐할 겨를도 없이 아이는 바람처럼 사라졌다. 정신적으로 건강하지 못했던 내가 감당하기에는 너무나 벅찬 일이었다.

내 건강 챙기겠다고 임신 전부터 계속 먹었던 약 탓인지, 교통사고의 직접적인 원인 때문인지, 아니면 결혼생활 자체가 무리였던 탓인지 이유조차 분명치 않았다. 어쨌든 모든 원인이 나 때문인 것 같아 죄책감과 부정적인 생각이 머릿속을 가득 채웠다. 더는 직장을 다닐 수 없었다. 9년 동안 한 직장에서 한 번도 쉬지 않았던 나는 잠시 멈추기로 했다. 한동안 멍한 상태로 시간을 보냈다. 남편과 눈이라도 마주치면 눈물부터 흘렀다.

그러던 중 이렇게 살 수만은 없겠다 싶어 무작정 서점에 가서 닥치는 대로 책을 읽었다. 글을 쓰는 사람들 즉, 작가라는 직업을 가진 사람들에 관해 관심이 생기기 시작했다. 작가들이 SNS상에 남겨놓은 글을 보고 싶어 블로그도 시작했다. 온라인상에서 자연스럽게 저자들을 많이 만날 수 있었고,

저자강연회에 참석할 기회도 생겼다.

작년 5월 《끝내는 엄마, 끝내주는 엄마》 저자인 김영희 작가님의 저자강연회에 참석했다. 아직 아이도 없는 젊은 부부가 부모교육 강연장에 참석한다는 사실이 다소 어색하긴 했지만, 유아 교사를 하면서 늘 자녀교육과 부모교육에 관심이 많았던 나에게는 반가운 시간이기도 했다. 힘들어하는 모습만 보이던 내가 저자 강연회에 간다고 하니 남편도 기꺼이 함께 참석해 주었다.

강연 중 임신 4개월째부터 아직 태어나지도 않은 아이를 위해 기도문을 작성하고 남편과 함께 매일같이 읽어주었다는 이야기를 들으면서 '이거다!' 싶은 마음이 들었다. 앞으로 우리가 되고 싶은 부모의 모습을 선명하게 그려보고 싶다는 생각이 들었다.

남편과 나는 종종 앞으로 우리가 함께 만들어갈 가족에 관해 이야기한다. 함께 길을 가다가도 나는 이런 엄마가 되고 싶어, 이렇게 키우고 싶어 라 는 말을 자주 한다. '누가 보면 벌써 아이가 몇 있는 부모인 줄 알겠어?' 라며 함께 웃곤 했다.

그러다 문득 미래의 내 아이와 함께 되고 싶고, 갖고 싶고, 하고 싶은 모든 것들을 글로 남겨보면 어떠냐는 생각이 들었다. 아이에게 해주고 싶은 말들을 미리 글로 남겨 첫 선물로 전해 줄 생각을 하니 두렵고 불안했던 마음이 사랑의 마음으로 변해가고 있었다.

이 책은 앞으로 만나게 될 내 아이에게 엄마가 얼마나 기다렸고 사랑했는지에 대해 알려주는 첫 선물이 될 것이다. 분명 아이를 위한 글이라 생각하며 썼는데 오히려 엄마가 될 내 생각과 가치관 그리고 부모로서의 다짐을 정립할 수 있는 소중한 시간이 되었다.

부모는 어떤 모습을 지녀야 하는지, 외적으로뿐만 아니라 내적으로 어떤 생활을 해야 하는지 깊게 생각하고 행동할 수 있는 계기가 되었다. 더불어 건강관리도 더욱 열심히 할 수 있었다. 이미 부모가 된 사람들의 입장에서는 아직 아이도 없는 내가 부모의 마음을 헤아려 글을 쓴다는 사실이 다소 어색하게 여겨질지도 모르겠다. 하지만 이 책은 부모들을 위한 육아서도 아니고 아이들을 위한 지침서도 아니다. 다만 앞으로 만날 내 아이를 위한 예비 엄마의 작은 소망과 꿈을 담은 책이다. 부모로서 지키지도 못할 약속을 글로 남기는 것은 아닐까 고민스럽기도 했다. 육아에 지쳐 힘겨울 때가 생긴다면 이 글을 펼쳐 보며 마음을 다잡을 수 있을 것 같다는 생각에 계속 쓸 수 있었고 이 시기에만 내가 쓸 수 있는 글이라 생각했다.

글을 쓰기 시작하면서부터 힘들었던 지난 시간 동안 낮아진 자존감과 죄책감으로부터 해방되고 나도 이제 엄마가 될 수 있겠다는 자신감이 생겼다.

아이를 생각하면 할수록 함께 이루고픈 꿈도 많이 가지게 되었다. 아이를 위한 선물이란 생각으로 시작한 글이지만, 한편으로는 나 자신을 위한 선물도 된 것 같아 감사하다.

결혼 5년째. 아직 하나님께서는 우리에게 예쁜 선물을 안겨주시지 않았다. 하지만 불안하지 않다. 브레이크 없이 무조건 달리기만 했던 내 삶에 잠시 멈춤을 주셔서 몸과 마음을 재정비할 수 있게 인생의 하프타임을 허락하신 하나님의 신비하고 놀라운 계획을 생각하면 눈물이 멈추지 않는다.

신혼 초에는 성격이 정반대인 남편과 많이 티격태격 싸우기도 했다. 그러나 여러 아픔을 함께 겪다 보니 마치 전우애 같은 의리 깊은 애정도 생겼고,

서로를 생각하는 마음이 각별해졌다. 그래서일까, 결혼 5년 차인 우리 부부는 이제 갓 결혼한 신혼부부 같다는 말을 참 많이 듣는다. 얼마나 감사한 일인지 모르겠다. 글을 쓰는 중에 힘들었던 지난 시간이 생각나 휴지로 두 눈을 덮었다. 눈치 빠른 남편이 뒤로 다가와 어깨를 감싸주며 "예전 생각이 났구나? 괜찮아……."라며 자상한 목소리로 속삭여준다. 난 그만 노트북 앞에서 엉엉 울고 말았다.

하지만 나의 눈물은 예전과는 다른 감사의 눈물이었다. 그때의 교통사고 덕분에 건강을 돌보며 회복할 수 있었고, 이전의 아픔 덕분에, 차분하게 아이를 향한 기대하고 인내하는 감사하는 마음이 생겼다. 힘들었던 지난 시간, 이 글을 쓰고 있는 지금, 그리고 앞으로 펼쳐질 미래들까지 모든 것에 참 감사하다. 무엇보다 늘 염려 많고 불안했던 과거의 내 모습에서 지금 이 순간을 사랑하고 행복하기로 한 나의 선택에 칭찬해주고 싶다.

2017년 따뜻한 봄날에,
김선미

제1장
어디까지 왔을까?

기다리는 시간조차
행복한 마음

누구나 부모가 되기를 꿈꾼다. 오죽하면 어렸을 때 제일 많이 하는 역할 놀이가 엄마 아빠 놀이였을까. 여자의 경우 어릴 적 엄마 역할하겠다고 싸운 적이 한 두 번은 있을 것이다. 나도 엄마가 된다는 생각을 참 많이 했다. 어릴 때에는 엄마가 되면 마냥 행복할 것 같았다. 막상 결혼하고 보니 엄마는 아무나 할 수 있는 역할이 아니라는 것을 깨달았다.

평소에 혼자서 잘 결정하고 스스로 척척척 잘해내었던 내가, 결혼 후 친정 부모님과 떨어져 살다보니 중대한 선택과 결정의 순간을 혼자 판단해야 한다는 사실이 꽤 힘들었다. 부모님의 위대함과 존경하는 마음이 날로 새로워졌다.

나는 종종 감정컨트롤에 약하다. 지나치게 기뻐하고, 한 없이 슬퍼하는 경우가 많은 사람이었다. 적절한 감정조절이 참 어려웠다. 지금은 그 어느 때보다도 평온한 마음으로 지내고 있지만, 이런 내 성향이 그대로 아이에게 전해지지 않을까 싶은 걱정과 두려움이 앞서기도 했다.

엄마라는 역할을 잘 해낼 수 있을까 고민하고 있을 무렵, 조카가 생겼다. 시집 간 친구들도 하나 둘 아이를 낳았다. 모두가 너무 예쁘고 사랑스러웠다. 가끔씩 소란을 피우거나 울음을 멈추지 않을 때 만약 내 아이라면 어떻게 할까 라며 혼자 생각해 보곤 한다. 도무지 방법이 떠오르지 않을 때가 많다. 좋은 엄마, 멋진 엄마가 되려는 욕심과 기대감이 너무 컸기 때문인 듯하다.

내 주변에는 실제로 좋은 엄마, 멋진 엄마의 롤 모델이 많이 있었다. 나도 저런 엄마가 되고 싶다고 생각될 만큼 멋지고 화려한 엄마들도 많았고, 무슨 일이든 척척 해내는 씩씩한 엄마들도 많았다. 반대로 지나치게 자책하는 엄마들도 있었다. 아이가 잘못을 저지르면 모두 본인 때문이라며 속상해한다. 물론 아이의 성격과 행동양식은 부모의 영향을 많이 받는다. 특히 3세 이전의 시기에 부모는 절대적인 존재이기에 부모가 아이에게 주는 영향은 굉장히 크다. 사실 아이의 행동양식 중에는 단순히 부주의에 인한 실수, 의도치 않은 결과로 인해 나타나는 것들이 대부분이다. 부모가 지나치게 자책할 필요가 없다. 상담을 하다보면 모두가 엄마의 잘못인 것처럼 죄인같이 머리를 굽히기까지 한다. 문득 나도 저런 모습이 되지 않을까 라는 불길한 생각이 들었다. 단순히 아이의 실수임에도 불구하고 모든 것이 엄마인 나 때문인 것 같다는 생각으로 가득 차 매일을 죄책감에 사로잡힐 지도 모르겠다는 생각이 들었다.

어떤 식으로든 우리는 부모가 된다는 것에 기쁨과 설렘을 느끼며 동시에 떨림과 두려움을 느낀다. 아이가 태어난 직후에는 기쁨과 행복감으로 가득하겠지만, 아이가 성장함에 따라 엄마의 역할과 책임이 많이 늘어나게 되면 부담과 두려움도 느끼게 될 것이다.

엄마는 그 자체만으로도 위대하고 존귀한 존재다. 갓 태어난 어린 아이들은 엄마의 손길이 단 1분이라도 없다고 느껴지면 굉장히 불안해하고 울음으로 표현을 한다. 그럴 때 엄마의 손길이 닿기만 해도 울음이 뚝 그치는 아이들을 보면 엄마라는 존재는 말로 설명할 수 없는 이 세상의 어떤 신보다도 더 위대한 절대적 존재라는 생각이 든다.

그럼에도 불구하고 엄마가 두려워하고 불안해하는 이유는 무엇일까? 아마 엄마가 되는 과정에서 준비하는 마음가짐을 충분히 가져보지 못했기 때문일 듯싶다. 엄마가 되면 어떻게 해야 하나, 엄마가 되면 뭘 해야 하나, 뭘 좀 배워놔야 하는 건가 등 해야 할 것들에 관해서는 수많은 생각을 하면서 정작 내 마음가짐에 대한 준비는 전혀 신경 쓰지 못하고 있는 것 같았다.

두려움과 불안함을 떨쳐 버리고 아이를 향한 글을 쓰기 시작했다. 결혼 후 6개월 만에 교통사고가 나고 결혼한 지 3년 만에 귀하고 귀한 하나님의 선물을 잃고 실의에 빠져 허우적대며 9년 이상을 다닌 직장을 퇴사했다. 다른 친구들은 편안하게 결혼하며 편안하게 아이도 잘만 낳더니만 나는 뭐든 쉬운 게 하나도 없는 듯했다. 그러면 안 되는 것을 알면서도 하나님이 너무 원망스러웠고 이 세상에 내 편은 아무도 없는 것 같았다. 분명 남편도 함께 힘들었을 텐데 그 당시에는 나의 아픔과 슬픔이 그 누구보다도 힘들 것이라는 아주 작은 울타리 안에 나를 가둬 놓았다. 이 세상에서 나보다 힘든 사람은 그 누구도 없다는 어리석은 생각에 갇혀있던 것이다. 하루하루가 무의미했고 기분전환을 하러 만난 친구들은 나빼고 모두 행복해 보였다.

1년 가까이는 그렇게 보내고, 나의 영과 육은 피폐할대로 피폐해졌다. 늘 그랬듯이 아무런 생각, 아무런 의욕이 없던 어느 날, 우연히 남편의 책상에 한 노트가 펼쳐져 있는 것을 보았다. 남편은 평소에도 혼자서 책을 보거나 뭔가 쓰는 것을 좋아했기에 그런가보다 하고 지나치려 했다. 나는 어릴 때부터 청개구리 심보가 있는 아이라 누군가 나를 구속하려 하면 더 반대로 튕겨나갔다. 내가 그렇기에 나는 남편에 대해 크게 간섭하지 않는다. 그래서 그런지 연애 때에도 서로의 핸드폰을 본다거나 스케줄을 꼬치꼬치 묻지도 않았다. 그만큼 서로의 사생활을 크게 알려하지 않는데, 그날따라 남편의 노트에서 익숙한 내 이름 "선미"라는 단어가 한눈에 쏙 들어왔다. 안 볼 수가 없었다. 뭐지? 내 욕인가? 싫었지만 나의 그 좁고 좁은 피폐한 생각과는 정반대로 나에 대한 기도문을 쓰고 있었던 것이다.

○월 ○일 날짜를 꼭 써가며 남편은 하루도 빠짐없이 나의 건강과 마음의 평안을 다시금 회복할 수 있도록 하나님께 정성을 다해 진심으로 기도하고 있었다. 순간 온 몸에 전율이 흐르며 책상에 앉아 아무것도 하지 못한 채 펑펑 울고야 말았다. 분명 나는 너무 이기적이었다. 세상 사람들 중에 나 혼자만 힘들다며 내 마음을 아무도 모른다며 울부짖고 있었을 그 긴긴 시간 동안 말이다. 남편도 많이 힘들었을 텐데 그런 남편을 무시한 채 보낸 나의 어리석은 시간들이 너무 미안했다. 그때부터 이대로는 안 되겠다, 이렇게 살면 안 되겠다고 싶어 서점에 뛰쳐갔다. 평소에 책을 많이 읽는 편이었지만, 한동안 책을 볼 마음이 아니었기에, 접하지 못하고 있었다. 하지만 뭐라도

집중해서 읽으면 내가 갖고 있었던 안 좋은 생각을 조금이나마 해소되지 않을까 싶어서였다. 아니, 솔직히 말하면 내가 뭘 어찌 해야 할지 몰랐던 마음이 더 크다. 닥치는 대로 뭐든 읽었고, 우연히 일독일행 책을 보게 되었다. 일독일행 저자 유근용 작가는 어린 시절 부모님의 이혼, 학대, 폭주족, 불량아 의 생활을 하며 정말 내일이면 세상 끝날 사람처럼 하루하루를 방탕하게 보내다 군대를 갔다. 책이라고 한 장도 안 읽던 저자가 군대에서 우연히 책 한 권을 끝까지 읽은 그 성취감으로 본격적인 독서를 시작하였고 작가가 되기까지 하였다. 나랑 비교했을 때 더 안 좋으면 안 좋았지, 더 좋은 면은 단하나도 없던 사람이 독서를 통해 작가가 되어 유명 강사가 되기까지 한 것이다. 큰 충격과 위로와 용기를 받으며 작가들의 글을 보고 싶어 블로그를 시작하였다.

신기하게도 블로그를 통해 정말 여러 작가 분들과 소통할 수 있었고, 지금 이 글이 책으로 나오기까지 가장 응원해주신 내가 글을 쓰는 이유 이은대 작가님을 알게 되었다. 대기업 출신에 사업실패로 세상 뒤편에서 수많은 다독과 다작으로 진정한 삶의 의미를 깨닫고 현재는 1년 만에 3권 이상 책을 집필하며 이은대 작가님의 치유의 글쓰기 강의로 전국의 많은 사람들이 다시금 용기와 강한 동기부여를 주시고 계신다. 작가님의 도움으로 매일매일 코칭해주신 덕분에, 나의 치유의 글쓰기가 시작되었다.

그러자 두렵고 불안했던 마음이 어느 새 설렘과 기대감으로 가득하게 되었다. 완벽한 모습의 멋진 엄마가 아닐지라도 누구보다 아이를 사랑해줄 수 있겠다는 자신감까지 생기게 되었다. 현재 자녀가 있는 부모라도 내 글을 읽으며 아이를 향해 처음 가졌던 마음들을 다시 떠올려 본다면, 그래서 미처 실천하고 있지 못한 부분에 대해 다시 시도해 볼 수 있는 계기가 되면 좋겠다는 바람도 생겼다.

이은대 작가님께서 글쓰기 강의때 말씀해주신 세 문장,

"당신이 전하는 이야기에 감동받을 독자가 분명히 있습니다."

"당신에게 사람들을 행복하게 만드는 힘이 있다는 사실을 깨달으세요."

"당신의 존재와 사고방식이 이 세상을 좋은 쪽으로 변화시킵니다."

요즘 매일 아침에 내가 읽고 있는 문장이다. 이 글을 쓰기 전에는 나와 우리 가족을 위한 글을 쓰고 싶다는 생각이 컸다. 그런데 글을 쓰는 과정에서 이 세상의 모든 부모들과 함께 공감할 수 있으면 좋겠다는 마음이 생겨났다. 아직 아이를 갖지 못한 내가 육아서적을 보면서 함께 공감하고 적용할 수 있었던 것처럼 이 책도 누군가에게 작게나마 도움이 될 수 있으면 좋겠다는 생각이 들었다. 특히 엄마가 된다는 사실에 대해 걱정과 두려움이 많은 예비 부모들에게도 힘이 되고 싶다.

완벽한 부모란 없다. 어린 시절 내 눈에는 위대하게만 보였던 엄마, 아빠의 모습이 30년이 훌쩍 지난 지금은 때로 안쓰럽고 약하게 느껴지기도 한다. 완벽한 모습은 아닐지라도 사랑의 마음으로 넘치는 사랑은 전해줄 수 있기에 두려워 할 필요가 없다. 이런 마음을 갖고부터는 아이를 기다리는 시간이 설렘과 떨림으로 가득 차게 되었다. 꿈과 희망을 갖게 될 때 소망하는 모든 것들이 실제로 일어날 것만 같은 설렘으로 가득 차게 된다. 그런 설레는 마음이 가득 찰 때 비로소 행복이라는 것을 느낄 수 있지 않을까. 소망과 기대가 있는 삶은 축복이다.

연애할 때 서로를 기다리는 시간은 늘 설렘이다. 그 기다림이 상대방을 지치게 할 정도라면 곤란하겠지만, 적당한 기다림은 오히려 애정과 기대감을 더 크게 만든다. 우리 부부도 마찬가지였다. 늘 남편이 먼저 와서 나를 기다렸기 때문에 나는 기다림의 설렘을 잘 모르지만, 남편을 만나러 가는 길 또한 감출 수 없는 설렘의 연속이었다. 기침과 사랑은 숨길 수 없다는 말처럼 나는 늘 행복했다.

　지금 아이를 기다리는 이 시간이 그 때의 설렘만큼 행복하다. 때로는 빨리 만나지 못해 조급해 하고 염려할 때도 있었지만 그 때마다 늘 연애할 때의 기분으로 기다리기로 했다. 남편과 만나 결혼 후 같은 공간에 함께 살고 있지만 연애할 때의 그 소중했던 시간은 다시 돌아오지 않는다. 아이가 태어나도 마찬가지일 것 같다. 아이를 키우며 성장하는 모습을 보면서 행복한 나날을 보내겠지만 때로는 아이를 갖기 전 기대하고 꿈꾸던 시절이 그리울 수도 있겠지. 지금도 다시 돌아오지 못할 소중한 순간이 지나고 있다. 이렇게 소중한 시간을 기대와 소망과 감사로 보내고 싶다. 아이가 태어나기 전 엄마와 아빠가 얼마나 많은 시간들을 기대하고 꿈꿔 왔는지, 아이를 얼마나 소중하게 생각하고 기다려왔는지 꼭 말해주고 싶다. 앞으로 아이가 자라 삶의 힘든 시간을 만나게 될 때, 엄마와 아빠의 생각이 담긴 이 글을 다시 보게 된다면 자신이 얼마나 소중한 존재인지, 얼마나 특별한 사람인지 느낄 수 있으리라. 오늘도 행복한 기다림으로 새벽 해를 바라보며 타자를 친다.

아이를 잃다

나는 어렸을 때부터 그림을 참 좋아했다. 그림은 늘 결과가 나오고 그에 따른 사람들의 반응이 있기 때문에 그런 보상이 좋았다. 디자인을 전공했지만 그 당시 혼자 뭔가를 창조하고 결과물을 내는 것보다 사람들과 함께 협력하여 뭔가를 이뤄내는 것을 좋아했던 나에게는 아무래도 어울리지 않았다. 그러던 중 가족의 소개로 잠깐 일할 줄 알았던 유아 교육기관에서 20대의 시간을 모두 보내게 되었다. 다행히 교사와 아이, 그리고 학부모가 함께 협력하는 일이었기에 유치원 교사라는 직업은 나에게 천직처럼 느껴졌고, 자랑스럽기까지 했다. 지금도 나는 20대 통틀어 가졌던 유아교사 경험은 내 인생에 탄탄한 기초가 되어주었다고 믿어 의심치 않는다.

20대 후반에 결혼을 했다. 흔한 말로 교회 오빠였던 지금의 남편은 무척이나 자상하다. 옆집 언니는 내 남편과 주고받는 SNS 댓글을 보고 아침 드라마에나 나올 법한 자상한 남편이라며 '아침 드라마 남편'이라는 별명까지 만들어 주었다. 남편 자랑을 쓸 생각은 없었다. 다만 서로를 생각하는 마음이 클 수밖에 없었던 이유가 우리 부부에게 있었다는 사실을 말하고 싶을 뿐이다.

연애를 시작한 지 1년 6개월 만에 결혼했다. 내 나이 20대 후반이었다. 무슨 일이든 확실한 감정표현을 하기 좋아하는 나는 남편에게 늘 사랑의 표현을 했지만, 남편은 감정표현에 서툴렀다. 사랑한다는 말 한 마디면 바로 결혼해야 하는 것 아니냐고 말할 정도였으니 말이다. 표현하기 좋아하고 표현받기 좋아하는 나는 사랑을 받고 있지 못하다고 느끼기도 했다. 그러나 첫 만남에서 느낀 남편의 부드러운 말투에서 이미 내 마음은 확고했으니 아마도 처음부터 콩깍지가 단단히 씌었던 것 같다.

결혼 전 서로를 잘 알아야 상대방을 깊이 이해할 수 있을 것 같아서 함께 상담을 받기도 했다. 남들은 결혼 전에 한번이라도 더 데이트하고 놀러간다는데 우리는 서로를 알아가기 위한 노력에 더 열심이었던 것 같다. 충분히 서로를 알았으니 부부생활에 큰 문제가 없을 거라고 믿었지만 내 예상은 완벽하게 빗나갔다. 우리는 정 반대의 성향이었다. 맞춰가는 과정이 여간 쉽지 않았다. 순한 남편은 먼저 짜증을 내거나 큰 소리를 내는 적은 단 한 번도 없었지만, 힘든 일이 있거나 함께 상의해야 할 일이 생기면 내가 걱정할까 봐 혼자서 고민하고 해결하기 일쑤였다. 반면 나는 사소한 일도 늘 남편과 상의하기를 원했고 함께 알아가기를 원했다.

그렇게 남편과 티격태격 신혼생활을 시작하면서 새색시의 시댁생활도 시작되었다. 친정문화는 전통 기독교 집안으로, 만나면 모두 예배를 드리고 기일에는 늘 추도예배를 드린다. 그러나 시댁은 제사를 올리는 전통적인 유교 문화였다. 기일, 명절 모두 제사를 올렸다. 그렇게 나의 첫 제사가 시작되었다. 처음 겪는 문화에 너무 당황스럽고 무서워 방에 들어가 눈물을 흘렸고, 그 모습에 남편이 더 놀라 나보다 덜덜 떨던 모습이 아직도 눈에 선하다. 다행히 아버님이 제사 때 뒤에서 기도를 할 수 있게 해주셔서 참 감사했다. 결혼 전부터 자주 뵈었기 때문에 나를 딸처럼 살뜰히 아껴주시고 잘 대해주셨다. 남편과의 신혼생활도, 시댁에서의 며느리 생활도 어느 정도 적응을 해나가고 있었다. 이제 앞으로 우리 삶에는 행복과 평온만이 존재할 거라 믿었다. 눈에 보이는 큰 문제가 없었기에 부지런히 살기만 하면 모든 것이 잘 될 거라는 생각만 했다. 그러나 삶은 늘 그렇듯, 나의 예상을 빗나가고 말았다.

어느 주일, 예배를 마치고 집으로 돌아가던 중 내리막길에서 신호대기를 하던 중, 뒤에서 오던 차량이 전속력으로 우리 차를 들이받았다. 안전벨트를 했음에도 불구하고 조수석에 앉아 있었던 나는 앞쪽으로 쏠려 얼굴을 크게 부딪치고 말았다. 결혼 6개월 만에 일어난 가볍지 않은 사고였다.

다행히 심하게 다치지는 않았지만 그 충격으로 외상 후 스트레스가 왔고 척추근육이 모두 놀라 머리끝부터 발끝까지 24시간 전기치료를 받는 것처럼 쉼 없는 통증에 시달리기 시작했다. 겉으로 보이는 상처 없이 혼자서만 감당해야 할 고통이었기 때문에 스트레스는 더욱 심했다. 온갖 물리치료를 받았고, 좋다는 약은 모두 먹었다. 그러나 전혀 회복되지 않았고, 나는 점점 더 지쳐가고 있었다.

회복의 기미가 보이지 않는 치료를 계속하던 중 아이가 생겼다. 결혼 3년

째만의 일이었다. 부부사이는 좋아 보이는데 아이 소식은 없었으니 부모님은 물론이거니와 주변 사람들까지도 걱정을 하던 터였다. 기다림 속에 생긴 선물이라 우리 부부는 물론 가족들, 지인들까지도 더없이 기뻐해 주었다. 그동안 여러 가지 사건과 사고들로 인해 우리부부 너무 힘들었으니 이제 좀 행복하라고 주신 선물이라는 생각이 들었다. 온 세상이 달라보였고, 이제 우리 부부의 앞길은 순탄할 길만 남았을 거라고 믿으며 심지어 태명도 순탄이라고 지었다. 그렇게 하루하루 꿈같은 날을 보냈다.

극도로 조심해야 하는 시기에 회사 행사로 인한 무리한 업무가 시작되었다. 직책이, 교사들을 관리하는 중간 관리자였기 때문에 쉬엄쉬엄 일할 수도 없었고, 뭐든 완벽하게 하려는 나의 성격탓에 불안하기는 했지만 행사를 마칠 때까지 아이가 잘 견뎌줄 거라 믿었다. 욕심이 과했던 탓일까. 모든 것이 순탄하리라 믿었던 태아는 거짓말처럼 우리부부의 곁을 떠나갔다.

결혼한 지 3년째, 생애 처음 경험하게 되는 최악의 순간이었다.

삶을 향한 첫 걸음

힘들었던 시간들을 돌이켜 보면서 생각했다.

나에게 이런 일들이 생기게 된 이유는 무엇일까?

나에게는 왜 자꾸 안 좋은 일들만 생기는 걸까?

내가 도대체 무슨 잘못을 한 걸까?

숨이 멎을 것만 같았다. 평생 다니고 싶을 만큼 적성에 딱 맞았던 9년간 한결같이 다니던 직장을 그만두고 하루하루 무의미하게 보냈다. 멍 하니 웃지도 않고 TV만 보고 있던 6개월 이상의 시간동안 나는, 남들과는 전혀 다른 세상에서 살고 있는 듯했다. 그런 나를 아무 말 없이 그저 바라만 봐준 남편이 고마워 지금도 가슴이 먹먹하다.

불행한 일이 생긴 것은 사실이지만, 한편으로는 나는 그 누구보다 많은 것을 가지고 있었다. 아내의 몸과 마음이 건강해지기만을 바라는 이 세상에 다신 없을 하나밖에 없는 남편, 건강하게 살아계시는 부모님, 추운 겨울 따뜻하게 몸을 녹일 수 있는 집이 있었다. 건강한 두 팔, 두 다리, 두 눈을 가지고 있었음에도 나는 늘 갖지 못한 것에 불평하고 살았다. 세상 빛도 보지 못한 채 떠난 아이에게 한없이 부끄럽고 미안했다.

절망 속에서 살아갈 수만은 없었다. 돌파구를 찾아야 했다. 서점에 가서 책을 읽기 시작했다. 닥치는 대로 읽었다. 그러던 중 자연스럽게 글쓰기에 관심을 갖게 되었고, 작가들의 글을 읽고 싶어서 시작하게 된 블로그에서 많은 작가들을 알게 되었다. 작가들의 강연회도 참석하게 되었다. 1년쯤 저자강연회를 다니면서 여러 작가들을 만나고 소통하면서 깨달은 것은, 그들은 모두 하나같이 기록하며 남기는 삶을 살고 있다는 사실이었다. 누구나 겪을 법한 평범한 일상을 특별한 삶으로 만들며 살고 있었다. 뭔가를 남기는 삶. 잃어버렸던 나의 그 무언가를 찾은 듯 머릿속에 잔상이 떠올랐다.

초등학교 5학년 때 친 할머니가 돌아가셨다. 내가 태어날 때부터 함께 생활했기에 친 할머니에 대한 애정이 남다르다. 더 애틋한 마음이 드는 것은 키운 정이 그만큼 큰 것 같다. 지금이야 아들보다 딸이 더 귀하고 환영받는 시대라 하지만 내가 태어난 시절만 해도 할머니, 할아버지들은 손녀보다 손자를 더 원했던 때였다. 그럼에도 불구하고 산부인과에서 간호사분들이 공주라고 전해드렸더니 할머니가 그렇게 좋아하셨다고 한다. 병원 관계자들도 딸 낳았다고 저렇게 좋아하는 시어머니는 처음 봤다며 굉장히 귀한 아이라고 생각 했다고 한다. 친할머니는 나를 참 예뻐해 주셨고, 방도 같이 쓰고 초등학교 4학년 때까지 잠도 함께 잤다.

그렇게 영원히 내 곁에 있어주실 것만 같은 할머니가 중풍으로 6개월을 누워 계시더니 가족이 모두 모인 토요일 오후에 스르륵 잠을 청하듯 눈을 감으셨다. 나는 사람이 죽을 때 모두 누워서 잠자듯 죽는 줄로만 알았다. 그렇게 할머니는 너무나 평온한 상태로 돌아가셨다.

가족들은 할머니께서 생각보다 빨리 눈을 감으셨기 때문에 영정사진 하나 준비해 놓지 못했다. 중풍으로 누워계시기 전에 할머니는 약간의 치매도 생기셨는데, 그나마 별로 없는 사진들을 모두 다 찢어버리셔서 남은 사진이 한 장도 없었다. 할머니가 돌아가신 날 모두가 우왕좌왕 하고 있을 때 내가 갖고 있었던 할머니의 증명사진 한 장이 생각났다. 3×4사이즈의 아주 작은 증명사진이었는데, 예전에 할머니랑 사진첩을 보면서 내가 받아 작은보물함에 간직하고 있었던 것이다.

나 역시 할머니의 갑작스런 죽음에 정신이 없었지만 사진 한 장 없다며 당혹해하는 엄마의 말에 그 사진을 내밀게 된 것이다. 엄마는 사진을 보고 화들짝 놀라셨고, 이내 고맙다며 사진관에 가서 크게 인화를 하셨다. 그 사진이 지금까지 할머니의 영정사진으로 남아있다.

돌이켜보면 그 사건을 계기로 나는 사진에 대한 강박관념까지 생기게 되었던 것 같다. 어디를 가거나 매 순간 사진으로 남겨놓는 버릇이 생겼다.

연애할 때도 어디를 가든지, 무엇을 먹던지 늘 사진을 찍었다. 그러나 남편은 사진 찍는 것을 꽤 불편해 했다. 알고 보니 남편은 가족들과 생일 촛불 한 번 불어본 적 없는 무뚝뚝한 가정환경에서 자랐던 것이다.

결혼 후 시아버님의 첫 생신, 나는 케이크와 고깔모자를 사고, 카메라도 준비하고, 편지도 쓰고, 선물도 샀다. 아버님을 위한 서프라이즈 파티를 기획했던 것이다. 케이크에 촛불도 불고 노래도 부르는 가족의 모습에 시아버님은 입이 귀에 걸릴 정도로 기뻐하셨다. 친정에선 늘 하던 일이라 당연하게 생각했는데, 그 날이 시댁에서 케이크에 초를 처음 분 날이란다. 단칸방에서 시작해 지금의 집으로 이사 오기까지 어머니, 아버님의 삶의 애환을 짐작해보면 생일 케이크와 촛불은 어쩌면 사치였을지도 모른다. 먹고 살기 바쁘고, 서로 표현하는 성격이 아니라서 누구하나 섭섭해 하지도 않고 그냥 그렇게 기념일을 지나쳤던 모양이다. 그런데 표현하기 좋아하고 기념일을 목숨보다 더 챙기는 며느리가 들어왔으니 얼마나 시끌벅적 했겠는가. 어딜 가나 사진 찍고 인화해서 드리는 며느리 덕분에 지금은 시댁의 냉장고가 사진으로 도배가 되었고, 기념일만 되면 아버님이 먼저 사진 찍자고 하시는 문화로 바뀌었다. 지금은 남편 역시 나보다 먼저 카메라를 장착하고, 나보다 더 자연스러운 표정으로 셀카를 남겨놓고 있다.

　결혼 후 나는 매년마다 우리 부부가 다녔던 여행지, 특별한 날 등 기념하고 싶은 사진들을 추려서 한 권의 작은 책으로 만들고 있다. 벌써 결혼한 지 4년이 넘어가니 4권이나 있는 셈이다. 요즘은 인터넷에서 누구나 쉽게 사진만 전송하며 포토 북을 만들 수 있다, 조금의 시간과 정성만 있다면 누구든지 만들 수 있다. 쉽게 찍고 SNS에 쉽게 올릴 수 있으니 인화하는 것이 어색하고 때론 귀찮은 마음이 든다. 물론 데이터로 남기는 것도 좋지만 언제든 내 손으로 직접 넘기면서 한 장씩 추억을 곱씹는 맛이 더 운치 있는 듯하다. 어느 날 소파에 앉아 있는 남편을 보니 거실 책장에 있는 포토 북을 꺼내보다 자신도 모르는 감정이 올라왔는지, 혼자 눈이 빨개지곤 하기도 했다. 비단 사진뿐만 아니라 삶에서 뭔가 남긴다는 것은 그 순간의 감정들까지 함께 돌이킬 수 있는 것 같다.

어느 날 친정어머니가 내가 태어난 산부인과에서 기록한 원아수첩을 보여주셨다. 몸무게, 키, 혈액형 등 나에 관한 기록이 적혀있었다. 3.34kg. 이 숫자를 본 순간, 너무나 기쁜 마음에 흥분을 감출 수 없었던 기억이 난다. 지금까지도 나는 그 원아수첩을 친정엄마가 나를 위해 고이 간직해준 선물이라고 생각하며 잘 간직하고 있다.

앞으로 우리 부부에게 아이가 생긴다면 누구보다 열심히 기록을 남겨주고 싶은 꿈이 생겼다. 아이가 태어나기 전부터 간직하고 있는 우리 부부의 마음, 엄마와 아빠가 함께 보낸 소중하고 따뜻했던 순간들, 앞으로 함께 꿈꾸며 만들어 가고픈 소망을 담은 미래를 내 아이에게 보여줄 수 있다면 큰 선물이 될 것 같다. 이 세상에 태어나 처음 받아보는 선물, 앞으로 평생 엄마와 아빠가 가졌던 아이를 향한 소망과 사랑하는 마음을 느낄 수 있도록 그렇게 첫 단추를 예쁘게 끼워주고 싶다. 첫 시작을, 첫 걸음을 축하하는 마음 가득 말이다.

엄마의 부끄러운 고백

누군가 나에게 가장 행복했을 때가 언제였냐고 묻는다면 아마도 유년기 때라고 말하지 않을까 싶다. 아무 걱정 없이 내 멋대로 살았던 적이 그 때 말고 또 있었을까. 엄마와 아빠가 목회를 하셨기 때문에 나는 목사의 자녀로 불렸었다. 왜 그런지 아직도 이해가 가지 않지만 대부분의 성도 분들은 목사 자녀라면 더 잘해줘야 한다는 생각을 했던 것 같다. 생일이 되면 대부분의 어른들이 내게 아낌없이 풍족한 선물을 사다 주셨고, 나는 그것이 너무나 당연한 듯 잘도 받았던 것 같다. 아무 걱정 없이 내가 하고 싶은 대로, 갖고 싶은 것 다 가졌으니 좋은 기억만 가득할 수밖에. 아마 그 당시 엄격하신 아빠가 아니었다면 굉장히 버릇없는 아이로 컸을지도 모른다. 엄마 역시 성도들 앞에서 내가 어리광이라도 부릴 때면 절대 받아주지 않으셨기에 나의 유년시절은 가장 행복했던 시절인 동시에 가장 억울했던 때가 아닌가 싶다. 사랑을 독차지 하고 싶었지만, 엄마와 아빠는 늘 성도들의 아이들을 우선시 하는 듯 느꼈다.

초등학교 6학년 때 IMF가 찾아왔고, 우리나라 경제사정은 너나 할 것 없이 모두 힘들어졌었다. 40대 실직자가 대거 발생했고, 자영업자들이 하나둘씩 무너져갔다. 부모님의 사역 역시 성전 건축비를 감당하지 못한 채 20여 년간 쌓으신 모든 것들을 내려놓고, 모두 다른 사역자에게 넘겨드리게 되었다. 내가 중학교 2학년이었을 때 일이다.

가장 예민한 사춘기 시기에 우리 집은 경제적으로 가장 어려워졌다. 넓은 내 방은 침대 하나 겨우 놓을 수 있을 만큼의 크기로 작아졌고, 내가 아끼던 피아노도 팔수밖에 없었다. 이사를 가면서 전학을 가게 되었고, 새로운 학교에서는 형편이 어려운 아이들에게 등록금을 지원해 주는 제도가 있었는데, 담임 선생님의 배려로 지원을 받을 수 있게 되었다. 사춘기라 그랬는지 다른 아이들로부터 놀림을 받게 되면 어쩌나 동동거리며 학교를 다녔던 기억이 난다. 지금 생각해보면 그 어려운 상황에서 등록금을 지원받을 수 있었다는 사실이 얼마나 감사했던 일인지 모른다.

성적은 점점 떨어졌고 방황도 많이 했다. 다행히 진심으로 마음을 나누게 되는 친구를 만났고, 영적으로 방황했던 나를 다시금 세워지도록 많이 도와준 친구 덕분에 쓰러져 가는 마음을 다시 세울 수 있었다.간신히 마음을 잡고 공부한 끝에 졸업 후 바로 취업을 했다. 고등학교를 졸업하면서 이미 아르바이트를 시작했고, 방학에는 초등학생 미술 과외까지 다녔다. 대학교 졸업 후 바로 일을 시작해서 최근까지 직장생활을 했으니 벌써 10년이 넘도록 사회생활을 경험한 것이다.

원하는 대학, 원하는 학과에 들어가진 못했지만 나에게 딱 맞는 직장에 취업을 했다. 어려서부터 엄마가 선교원과 미술학원 원장을 하셨기 때문에 아이들과 함께 생활하는 것이 너무나 자연스러웠던 나는 아이들이 참 좋았고 다행히 아이들도 나를 참 잘 따랐다. 진로, 성격유형 검사를 해 보면 항상 "보호", "사람"같은 키워드가 빠지지 않았다. 이런 나에게 유치원 교사는 최고의 직업이었던 것이다.

한 직장에서 10년 가까이 근무하며 여러 가정의 모습과 아이들을 볼 수 있었다. 그것은 나에게 돈 주고도 못살 굉장한 삶의 경험이자 교육이 되었다. 엄마와 아빠의 사이가 좋지 않아 늘 불안해했던 아이, 월차까지 내고 와서 아이의 수업을 보는 열혈아빠, 아이가 셋인데도 불구하고 늦은 밤까지 공부하는 엄마의 모습 등 다양한 각 가정의 모습을 가까이서 접할 수 있었다. 그때부터 앞으로 내가 만들어갈 가정은 어떻게 만들어 가고 싶은지, 어떻게 하면 아이에게 더 좋은지, 부부의 관계가 아이에게 주는 영향은 얼마나 큰 지를 느낄 수 있게 되었다. 부유하지 않아도 서로를 챙기는 가족의 모습이 단단한 끈으로 묶여 있는 가정이 있고, 화려해 보이지만 가족이 모두 따로 노는 듯 감정적으로 분리된 가정도 있었다. 우리 집도 마찬가지였다. 부족함 없이, 잘 살고 있을 때에는 가족들이 모두 각자의 삶에 빠져 있었지만, 형편이 어려워지고 집이 좁아질수록 서로에게 더 관심을 갖고 대화도 많이 나누게 되었다.

지난 주말 일산에서부터 좌석버스를 타고 강남으로 가던 중 우연찮게 흘러나오는 라디오 사연이 내 귀를 사로잡았다. 제목은 〈둘째의 불만〉 이라고 했다. 사연인 즉, 첫째는 딸이고 둘째는 아들이었는데, 딸이 대학에 입학했을 때에는 형편이 꽤 괜찮아서 이것저것 챙겨주고 등록금도 문제없이 내주었지만 둘째가 대학에 입학할 때에는 전과 같지 않은 사정으로 인해 등록금도 겨우 해결했다고 한다. 둘째는 첫째보다 못한 대우를 받는다는 생각에 부모에게 서운해 하고, 부모는 자녀 뒷바라지를 제대로 하지 못한다는 생각에 가슴이 아프다는 내용이었다. 사연의 내용보다 아나운서의 결론이 더 귀에 들어왔다. 첫째는 운이 좋아 모든 것을 지원받고 편안하게 대학에 다닐 수 있었을지 몰라도, 둘째는 분명 뭔가 결핍을 느꼈을 것이라고. 결핍을 느낀 둘째는 그 당시에는 힘들지 몰라도 스스로 일어서는 힘 즉, 자생력이 길러져 보다 나은 미래를 꿈 꿀 수 있는 희망과 도전정신이 훨씬 강해질 거라고 말했다. 아나운서는 둘째가 결핍이 주는 행복을 가까운 미래에 곧 느낄 수 있을 거라고 말했다.

나 역시도 둘째였기에 막내효과 덕에 더 많이 받은 사랑도 있지만 둘째라 받은 "결핍"도 많았다. 그래서 뭔가 혼자 스스로 잘해야 겠다는 생각을 갖고 자랐던 것 같고, 막내인 내가 더 자립심이 강하다고 느꼈을 때도 많았기에, 결핍이 주는 이점은 분명이 있다고 믿는다.

언제부턴가 금 수저, 흙 수저라는 말이 나오면서부터 서글픈 마음이 들었다. 그 말을 듣는 우리 부모님의 마음을 생각하니 가슴이 찢어질 듯 아팠다. 아직 부모가 되지 않은 어린 내 생각에서도, 무슨 이런 말이 다 있나 싶은데, 금 수저가 되어 주지 못한 부모의 마음은 얼마나 답답할까. 정말 금수저만이 꽃길을 걸을 수 있을까? 흙은 단단한 나무뿌리를 덮고 있다. 그 흙 속에서 단단한 뿌리가 되어 가고 있으니 어떤 시련과 고난이 와도 우거진 나뭇

잎으로 견뎌낼 수 있는 강한 힘이 있으니 금수저 보다 훨씬 더 강한 힘을 갖고 있는 것이 흙수저 인생이라고 말하고 싶다. 방송인 김제동씨의 최근 발언도 주목받고 있다. 금목걸이, 금반지가 없어도 당장 내일은 살 수 있다. 그러나 흙이 사라지면 단 하루도 살 수가 없다는 말이다.

아무리 풍족한 삶이 주어진다고 해도 반짝이는 것에 눈이 멀어 본인 밖에 모르는 이기적인 사람으로 키우고 싶지 않다. 반짝이는 것들을 삶의 목표로 삼지 않도록 키우고 싶다. 남의 자녀들을 더 챙길 수밖에 없었던, 그리고 당신의 딸에게는 엄격할 수밖에 없었던 나의 친정아버지도 어려웠던 시절을 경험 후 지금은 가족을 최고로 여기며 살고 계신다. 가정이 행복해야 모든 것이 행복하다는 말씀을 입버릇처럼 하고 계시니 뭔가 잃게 되는 순간 우리 삶은 반드시 다른 것으로 채워진다는 사실을 나는 직접 경험하였다.

아이에게 엄마는 이런 사람이야 라는 소개하는 글을 쓰려니 처음에는 좋은 것, 행복한 순간들만 보여주고 싶은 마음이 앞섰다. 그러나 가장 힘든 시기를 겪었던 그 경험으로 지금 내가 살아가고 있다는 사실을 더 전해주고 싶었다. 더불어 행복은 가장 가까운 곳에서부터 시작되고, 그 곳에 엄마와 아빠가 있다는 사실을 기억해 주길 바란다. 어쩌면 내 아이는 나보다 더 힘든 세상을 살아갈 지도 모른다. 하지만 어떤 일이 있어도 가장 중요한 힘은 가족으로부터 나온다는 사실을 명심해 주었으면 하는 마음이다.

언제나 가족이 가장 힘이 되며 어떠한 상황에서도 가족을 우선시 하는 삶. 우리 가족이 함께 만들어 가고픈 미래의 모습이다.

너와의 만남을 준비하는 시간들

나는 정리정돈을 잘하는 편이다. 사용하지 않는 물건들은 필요한 사람들에게 나눠주고, 낡은 것들은 미련 없이 버린다. 이렇게 잘 버리는 나도 딱 한 가지 버리지 못하는 것이 있다. 어릴 때부터 지금까지 받은 편지들이다. 유치원 교사시절, 아이들이 코 묻은 손으로 색종이에 꾸깃꾸깃 적어 준 쪽지 하나까지도 파일에 담아두고 있다. 그 양이 어마어마하다. 그만큼 나는 편지에 대한 애정이 깊다. 받는 것도 좋아하지만 쓰는 것에 더 흥미를 갖고 있다. 어릴 때부터 손을 사용하는 일에 관심이 많았다. 피아노, 그림 등을 특히 좋아했다. 지금은 붓 잡는 법도 어색할 테지만 어릴 때에는 각종 미술상을 줄줄이 받아와 예쁘게 코팅을 해서 벽에 붙여놓을 정도였다. 그림뿐만 아니라 글씨 쓰는 것도 좋아해서 학창시절 내내 임원은 못해봤어도 서기는 도맡아 했었다.

편지는 그림도 그리고 글씨도 쓸 수 있기 때문에 나에게는 최고의 취미이자 특기가 될 수 있었다. 생일이 다가오면 정성스럽게 초대장을 만들어 친구들에게 전했고, 고등학교 시절 전학을 갈 때는 정들었던 반 친구들에게 일일이 편지를 써서 나눠준 적도 있었다. 짧은 만남이었지만 편지로 마음을 주고받을 수 있었고, 그 시절 대구에 살고 계셨던 담임선생님이 내 결혼식에까지 참석해 주셨으니 편지에 대한 나의 사랑은 아직도 변함이 없다.

내가 중학교를 다닐 때만 해도 학교급식이란 것이 없었기 때문에 엄마가 매일 도시락을 싸주셨다. 나는 점심시간이 기다려졌다. 배가 고파서 빨리 먹고 싶은 마음도 있었지만, 작은 도시락 위에 늘 엄마의 쪽지가 있었기 때문이다. 가끔은 장문의 편지를 담아주시기도 했다. 지금까지 생생하게 기억나는 것을 보면 꽤 오랫동안 이뤄진 엄마와 나만의 러브스토리가 아니었나 싶다. 지금도 나보다 더 소녀 같고 섬세한 친정 엄마의 영향 때문인지, 만나는 사람마다 편지를 전하는 것은 아마 내 삶의 습관이 된 것 같다. 책을 읽으면 전두엽이 자극 되어 감동을 받듯이, 글로써 사람에게 줄 수 있는 영향은 굉장히 큰 것 같다.

부산에서 미라클 독서모임을 운영하고 있는 기성준 작가와 블로그를 통해 인연을 맺었다. 얼마 전 제주도에 강연을 하러 갈 일이 있다고 하면서 그곳의 멋진 풍경과 사람들의 소망을 담은 글을 함께 사진으로 찍어 선물하고 싶다고 했다. 평소에 내 글씨체를 예쁘게 봤다면서 함께 해 줄 수 있냐는 제의를 해왔다. 나는 1초의 망설임도 없이 동의했다. 기성준 작가의 SNS 댓글을 통해 사람들의 소원을 받았다. 인상 깊었던 몇 가지 소원이 있었다.

"건강한 직장인이 되고 싶어요."

"TED강연을 통해 소아암환자들의 희망이 되고 싶어요."

백혈병을 앓는 사람들이었다. 건강한 직장인이 되고 싶다니. 10년 가까이 직장생활을 하면서 한 번도 생각지 못했던 소원이다. 아침에 일어나기 싫다, 오늘은 정말 출근하기 싫다, 휴가 낼까 등 하루에도 몇 번씩 불평하며 다녔던 직장생활인데. 건강한 직장인이 되고 싶은 것이 소원이라니. 새삼 내가 너무 부끄러웠다. 예쁘게 찍힌 사진과 내가 쓴 글씨를 보면서 기뻐하고 건강해졌으면 좋겠다.

나도 소원을 적었다.

"사람들의 삶에 행복을 주는 사람이 되고 싶어요."

돌이켜보면, 나로 인해 다른 사람이 행복한 마음을 가질 때 그렇게 기분이 좋을 수가 없었다. 어쩌면 이런 이유로 아이들을 가르치는 교사가 적성에 맞았던 것 같기도 하다. 아마 대부분의 교사들이 이런 마음이지 않을까. 어떻게 하면 아이들을 기쁘게 해 줄 수 있을까, 어떻게 하면 아이들을 행복하게 해 줄 수 있을까 하는 마음이 가득할 것 같다. 실제로 아이들은 어른들과 달리 작은 것에도 크게 기뻐하고 좋아하고 감동 받는다. 아이들의 그런 순수함에 교사들은 보람을 느끼고 성취감을 느낀다.

잠시 생각해 보았다.

앞으로 나에게 올 아이에게는 어떻게 기쁨을 전해줄 수 있을까? 지금처럼 이렇게 글을 써서 마음을 표현하는 일이야말로 최고의 선물이 아닐까 싶다. 블로그를 시작하게 되면서 이런저런 글을 쓰기 시작했다. 서평도 쓰고, 일기도 쓰고, 뭔가를 소개하는 글을 쓰기도 했다. 더불어 블로그 이웃들과도 친분이 쌓였고 그들을 통해 긍정적인 영향도 많이 받았다. 글을 쓰면서 내가 갖고 있는 웅어리진 마음들이 해소가 되는 느낌이 들었다. 멋진 문장이나 화려한 수식어를 활용하지는 못하지만, 내 마음을 글로 표현하는 자체만으로도 많은 치유와 위로를 얻을 수 있었다. 블로그 이웃들의 글을 읽으면서 도전과 자극을 받고 삶의 활력을 찾기도 했다.

내가 엄마가 된다는 생각을 할 때마다 아직은 준비가 덜 된 것 같다는 느낌이 들었다. 그럴 때마다 아픈 기억이 떠올랐다. 기대보다는 두려움이 많았고, 준비가 덜 되었다는 생각이 많았던 탓에 처음의 아이도 떠나보냈던 것이 아닐까 라는 생각 말이다.

무엇이 두렵고, 무엇이 불안했을까. 아마도 내가 다른 사람들보다 부족함이 많다는 비교의식에서 생긴 두려움이 아닐까 싶다. 많이 부족한 것 같고, 부모 역할을 잘 해내지 못할 것 같은 마음에 불안했던 것 같다. 아이는 존재 자체만으로 감동이며 축복이다. 부모 역시 존재 자체만으로 감동이며 감사일 것이다. 모든 예비엄마들의 마음이지 않을까. 막상 엄마가 되려니 초초하고 불안한 마음. 나는 그 마음들을 고스란히 아이를 향한 기대와 사랑으로 채우기로 결심했다.

빌 클린턴, 오프라 윈프리 등 각 분야에서 최고인 사람들이 말하는 영향력 있는 사람의 첫 번째 기술은 상대방이 자신을 세상에서 가장 중요한 사람처럼 느끼도록 진심으로 노력하는 것이라고 한다. 아이 스스로가 세상에서 가장 중요한 사람처럼 느끼도록 진심으로 노력하는 마음을 보여주고 싶다. 당신은 사랑받기 위해 태어난 사람의 노래 가사처럼, 많은 사람들에게 사랑받기 위해 태어난 존재라는 사실을 꼭 알려주고 싶고 많이 받은 사랑만큼 사회에 나가 베풀 줄 아는 아이가 되었으면 좋겠다.

　남편과 함께 월드비전과 몇몇 구호단체에 후원을 하고 있다. 먼 곳에 있는 아이들과 편지로 마음을 나눈다는 것이 참 따뜻했다. 결혼 전부터 기부를 해온 우리 부부는 기부를 통해 가치 있는 일을 하고 싶었다. 이 마음을 우리 아이에게도 그대로 경험할 수 있도록 도와준다면, 어릴 적부터 존재만으로도 누군가를 도울 수 있었다는 사실을 알게 된다면 앞으로 우리 아이가 어려운 사람들을 도와줄 수 있는 넉넉한 마음을 가질 수 있지 않을까 기대해 본다.

　늘 주변을 돌아보며 차가운 환경 속에 있는 부족한 아이들을 채워주는 사람이 되었으면 좋겠다. 다른 사람을 진심으로 돕는 그런 사람으로 성장하기를 바래본다. 넓은 집에 사는 것보다 넓은 마음을 갖는 것이 더 중요하다는 것을 알려줄 수 있는 그런 부모가 되고 싶다.

엄마가 바라본 아빠의 모습

아이가 생긴다면 들려주고 싶은 이야기 1순위는 바로 소소한 우리부부의 러브스토리다. 특별하고 대단한 것은 없지만 친정 부모님의 러브스토리를 들을 때마다 지금도 마음이 두근두근 거리는 것처럼 자녀에게 엄마, 아빠의 사랑 이야기를 들려주는 것은 참 설레는 일인 듯하다.

남편과 나는 교회에서 만났다. 아버지가 사역하시는 교회는 청년이 많지 않아 공동체 생활을 하기는 좀 어려워서 부모님의 권유로 가까운 교회에 따로 나갔다. 마침 고등학교 친구가 다니는 교회에 함께 갔고, 그 곳에서 신앙 생활을 시작했다. 당시 나는 20대 직장인이었기 때문에 청년부 소속으로 들어갔다.

신앙을 가진 청년들이 함께 신앙생활을 할 수 있는 배우자를 찾는 것은 당연한 일이다. 종교를 가진 사람들은 같은 종교를 가졌다는 사실만으로도 큰 공감과 의지가 되기 때문이다.

(물론 모두가 꼭 같은 종교를 갖고 결혼해야 한다는 것은 아니다.)

당시 교회에서 친하게 지내던 언니가 크리스천 청년들을 대상으로 건전한 데이트와 결혼 세미나를 주최한다고 하여 함께 스텝으로 봉사를 시작했다. 거기서 남편은 진행요원으로, 나는 홍보팀으로 일했다. 자연스럽게 만났고, 서로 호감을 느껴 교제를 시작했다. 활발한 성격인데도 불구하고 낮도 많이 가리고 사람을 사귀는데 시간도 많이 걸리는 내가 이상하게 남편은 첫 만남부터 너무 편했던 것 같다. 부담 없이 이야기를 나눌 만큼 사람을 참 편하게 해주는 스타일이었다.

하지만 표현하고 표현받기를 좋아하는 나와는 달리 칭찬과 표현에 무뚝뚝한 남편이 100% 만족스럽지는 않았다. 앞서 말했듯이, 무뚝뚝한 가정문화에서 자란 남편과 늘 표현하고 쾌활했던 나의 가정문화와는 차이가 컸다. 결혼과 동시에 남편의 표현력은 급상승 했으니 다행이 아닐 수 없었다.

결혼 전 교회 집사님으로부터 예비부부 코칭을 받은 적이 있다. 성격유형 검사 및 앞으로 부부간에 서로 도와야 할 것, 서로 이해해 주어야 할 것 등을 알려주셨다. 코칭 과정에서 우리 두 사람은 다른 부분이 참 많다는 사실도 알게 되었다. 반면 우리가 잘 맞았던 것은 역시나 "함께 보내는 시간"을 중요시 하는 마음이었다. 교회에서 진행했던 결혼 예비 학교, 리더십 훈련 등 함께하는 시간이 많았다.

그 과정에서 우리는 기도하며 결혼에 대한 확신을 가졌고, 서로의 부모님을 만나 뵙기로 했다.

친정 부모님께 남편과의 결혼을 허락 받으러 만난 자리에서 있었던 일이다. 식당에서 아빠가 남편에게 한 말이 아직도 생생하다.

"자네를 보면 돌아가신 장인어른이 생각난다."

외할아버지는 늘 자식들밖에 모르셨고, 평생 큰소리 한 번 내신 적이 없으셨을 정도로 온화한 분이셨다. 아버지는 남편의 자상한 말투와 예의바른 행동에서 돌아가신 외할아버지의 모습을 느끼셨던 것 같다. 덕분에 좋은 인상을 받아 결혼까지 허락해 주신 듯하다. 나도 늘 예의바르게 행동하려 해서 어른들에게 만큼은 칭찬을 받고 자랐지만, 남편은 나보다 훨씬 더 반듯한 것 같다.

게다가 아빠는 남편과 신앙적인 이야기를 함께 나눌 수 있다는 사실이 꽤 흡족하신 듯 했다. 남편은 스무 살 때부터 신앙을 가졌지만 시어머니와 시아버님은 신앙을 가지고 계시지 않다. 혼자 교회를 가서 신앙을 가졌다는 자체에 남편을 통해 하나님이 얼마나 귀하게 여기시는지 느낄 수 있었다. 나는 모태신앙인데도 불구하고 신앙에 대한 감사함을 뜨겁게 느끼지 못한 적이 많이 있는데, 늘 열심인 남편을 보면 참 배울 점이 많았다.

결혼 전 나의 이상형은 몸과 마음이 건강한 남자였다. 근육질의 남자를 말하는 것이 아니라 자신의 몸을 챙기고 마음을 들여다 볼 수 있는 통찰력과 지혜가 있는 남자를 원했다. 자신을 사랑할 줄 아는 남자만이 남을 사랑할 수 있다고 믿었기 때문이다. 감사하게도 남편은 운동을 좋아하고, 책을 가까이 한다. 아마 내가 이상형을 늘 머릿속에 그렸기 때문에 끌어당김의 법칙이 작용했는지도 모르겠다. 남편의 자상함과 가족을 생각하는 마음을 보면 가정에서 배운건가 싶지만, 시아버님과 많이 다르다. 시아버님은 지금도 자식들밖에 모르시고, 나를 딸처럼 살갑게 잘 대해주실 정도로 자상하다. 그러나 술을 너무 좋아하신다. 지금은 많이 줄이셨지만 식사 때마다 술을 곁들일 정도로 애주가시다. 남편은 어렸을 땐 그런 아버지의 모습이 조금 힘들었다고 한다.

술을 너무 좋아하셔서 운전도 하지 않으셨던 아버지. 명절에 고향이라도 내려갈 때면 온 가족이 고속버스를 타고 내려갔다고 한다. 남편과 여동생은 멀미가 심해서 시골에 내려가는 날이면 비닐봉지를 몇 개나 사용했을 정도로 참 힘든 어린 시절을 보냈다. 그 때 남편의 소원은 자가용을 타고 가족끼리 시골에 내려가면서 휴게소에 들러 잠시 우동 한 그릇을 먹는 여유였다고 한다. 나에게는 당연하게만 느껴지는 일들이 남편에게는 간절한 바람이었다.

어린 시절 이런 경험을 가진 남편은, 아빠가 되면 아이들과 여행을 자주 다니고 싶다고 한다. 무슨 날만 되면 놀러 다녔던 나의 어린 시절과는 사뭇 다른 모습이었다. 술을 너무 좋아하시는 아버님을 보고 자신은 술 때문에 가족들을 힘들게 하진 않을 거라는 생각을 했다고 한다. 물론 대학 시절이나 사회 초년생일 때에는 어쩔 수 없이 술을 먹어야 하는 상황이 많아 먹기도 했지만, 20대 후반부터 지금까지는 거의 술을 마시지 않고 있다. 사회생활하면서 자신 나름의 신념과 철학을 가지고 술, 담배를 하지 않는 것을 지키는 것은 굉장히 어려운 일인데 이런 남편을 나는 존경한다.

물론 남편과 나는 성격, 기질적으로 다른 부분이 참 많다. 하지만 우리 부부가 앞으로 함께 만들어가고픈 가족상을 이야기 해보면 너무나도 비슷하다. 부부가 우선순위가 되어 자녀들에게 서로를 존중하는 모습의 부부의 모습을 보여주는 것. 우리 부부가 결혼하기 전부터 꼭 지키고자 다짐했던 이야기이다.

　예민했던 신혼 초 때를 생각해보니, 그렇게 서로를 잘 알지 못했던 시기에 아이를 가졌다면 얼마나 불안했을까. 이렇게 소망하는 마음을 가질 수 있었을까? 이렇듯 따뜻한 소망의 마음을 가질 수 없었을 지도 모르겠다. 남편도 나도 아이를 향한 준비된 마음을 가질 수 있어서 너무 감사하다. 아이를 위해 무엇을 해줄까 라는 생각은 하지 않는다. 어떻게 하면 우리 가족 모두가 성장할 수 있을까 라는 고민을 많이 한다. 부모가 먼저 성숙한 모습을 보여주고 싶다. 아이가 세상에 나와 제일 처음 접하는 여성상은 엄마이며, 남성상은 아빠이다. 부부의 모습을 통해 성숙한 어른의 이미지를 꼭 보여주고 싶다. 작은 사회인 가정 안에서 아이가 충분히 사랑받고 사랑할 줄 아는 사람으로 자라기를 바라면서 말이다.

제2장
본 적 없는 너를 그리움으로

어떤 모습으로 만날까?

9년간 유아교사로 일하면서 많은 아이들을 만났다. 어린 엄마의 자녀, 늦은 나이에 어렵게 낳은 자녀, 쌍둥이 남매를 비롯한 다양한 아이들이 있었다. 특히 쌍둥이 가족을 보면서 느낀 바가 많았다. 아무리 쌍둥이라도 각자 개성이 뚜렷했다. 내가 맡은 반 열 세 명의 아이들이 모두 제각각 성격이 다른 것도 어쩌면 당연한 일이었는지 모르겠다.

내가 맡은 반에 유독 쌍둥이들이 많았다. 얼굴도, 키도, 이름도 비슷하니 성격도 비슷할 거라 짐작했는데 전혀 달랐다. 한 예로 첫째는 활동적이며 운동도 좋아하고 친구들과 교류관계도 좋았다. 반면에 둘째는 그림을 좋아하고 블록 쌓기를 즐겼다. 좋아하는 분야도 달랐고 행동하는 것도 달랐다. 첫째는 형인데도 불구하고 굉장히 소극적이어서 발표할 때도 쑥스러움을 잘 탔다. 둘째는 늘 씩씩하고 싱글벙글이었다. 친구들에게 놀림을 받아도 웃어넘기기 일쑤였다. 너무 다른 형제의 모습에 당황스러울 때가 많았다.

상담기간이 되면 엄마들이 와서 아이의 수업 태도를 비롯한 유치원 생활에 대한 대화를 나눈다. 교사는 전반적인 아이의 수업태도, 생활태도, 교우관계 등에 대해 설명한다. 좋은 점만 얘기해 줄 수도 있겠지만 제대로 된 육아를 위해 잘못된 습관이나 고쳐야 할 점에 대해서도 분명하게 지적해 주어야 한다. 그럴 때마다 교사는 학부모가 오해하지 않도록 부드럽게, 그러나 정확하게 전달할 필요가 있다. 학부모의 반응이 재미있다.

아이의 칭찬할 점에 대해 얘기할 때면, 대부분 자신을 닮은 것 같다며 웃는다. 그러나 다소 부족한 점이나 차후 교육이 필요한 부분에 대해 지적할 때면 대부분 배우자를 닮은 것 같다며 걱정하거나 불평한다.

나 역시 남편의 부족한 부분이나 고칠 점에 대해 불만을 갖고 있는 것은 사실이다. 앞으로 태어날 아이가 이런 남편의 좋지 못한 점을 그대로 배우게 되면 어떻게 할까 염려스럽기도 하다. 만약 아이가 좋지 않은 습관이나 잘못을 저지르게 되면 그것은 누구의 탓이라고 봐야 할까.

아이들은 자아가 형성될 때까지 시간이 필요하다. 스스로 자신을 판단하며 잘못된 부분을 고치기 위해 노력하는 것도 모두가 본인의 몫이다. 스스로 판단하고 결정하고 선택할 수 있는 능력이 부족할 때 곁에서 도와주고 길을 안내해 줄 수 있는 사람이 바로 부모다. 이것이 바로 제대로 된 부모의 역할이라 할 수 있겠다.

나는 어려서부터 예체능에 관심이 많았고 남편은 공부에 관심이 많았다. 남편은 그림을 좋아하는 나를 늘 신기해했고, 간단한 숫자암산도 제대로 하지 못하는 나는 수학 잘하는 남편이 존경스럽기까지 했다. 이렇게 서로의 성격과 관심사와 행동이 사람마다 판이하게 다르다. 특정한 분야에 소질이 있다고 해서 그 사람이 월등하다고 볼 수는 없다. 우리는 모두 나름의 소질을 타고 난다. 각자가 가진 소질과 장점을 잘 살려 노력을 경주하면 그것이 바로 준비된 자가 된다. 준비된 자는 언젠가 분명히 쓰임 받으며 곧 꿈을 실현시킬 수 있는 사람이 되는 것이다.

내 아이에게 꿈을 실현할 수 있는 힘을 키워주고 싶다. 어떤 것을 좋아할지, 어떤 분야에 관심이 있을지는 아직 모르지만, 무슨 일이든 타고난 소질을 신뢰하고 개발해 주고 싶다. 가끔 남편과 앞으로의 우리 아이에 대해 얘기한다. 어떻게 생겼을까, 성별은 무엇일까, 나처럼 예체능을 좋아할까, 남편처럼 공부에 흥미를 가지고 있을까 등 농담처럼 말할 때가 종종 있다. 그러면서 자연스럽게 부모로서의 바람을 이야기하게 되는 경우가 많다.

미리 소망하고, 바라고, 기대하는 마음을 갖는 것은 너무나 설레고 행복한 일이다. 지금도 매일 남편과 앞으로의 우리 아이를 위해 기도하고 있다. 중요한 것은, 내가 바라고 소망하며 기도하는 것들이 정말 아이를 위한 것인지 아니면 부모인 우리를 위한 것인지 잘 생각해 봐야 한다는 것이다.

내가 원하는 대로 정해진 길을 아이에게 요구하지 않는 부모가 되었으면 좋겠다. 어릴 때 하기 싫었던 것을 억지로 배운 적이 있다. 아빠가 목회를 하시니 교회에서 반주를 했으면 좋겠다며 엄마가 나를 피아노 학원에 보냈다. 엄마의 오랜 꿈인 피아노 연주를 나를 통해 대리만족 하고 싶다고 하셨다. 그런 이유를 알고 있었기 때문일까, 보통 여자 아이들은 피아노 학원에 다니는 것을 굉장히 좋아한다는데 나는 피아노 배우기가 너무 싫었다. 매일 울면서 학원에 가지 않겠다고 떼를 썼던 기억이 생생하다. 엄마가 우는 나를 끌고 피아노 학원에 억지로 보냈던 일도 많았다. 조금씩 익숙해지면서 피아노를 잘 치게 되었고 결국 나는 교회에서 반주를 하기까지 이르렀다. 물론 살면서 악기를 하나쯤 다룰 수 있다는 것은 굉장한 큰 도움이 된다. 지금도 가끔 연주를 하고 싶으면 집에서 피아노를 치기도 하며 배우게 해주신 엄마께 감사하고 있지만, 그때를 생각하면 내가 왜 하기 싫은 피아노를 억지로 배워야 하는지 괴로웠던 기억에 머리를 흔들기도 한다. 엄마가 들으면 속상해하실 얘기일 수도 있겠지만, 어린 나이임데도 불구하고 힘들었던 감정이 생생할 만큼 나에게는 잊지 못할 기억이다.

공부를 잘해야만 성공할 수 있을까? 영어를 잘해야만 성공할 수 있을까? 물론 공부나 영어를 잘하면 그만큼 기회의 폭이 넓어지고 성공에 이를 수 있는 방법도 많아질 것이다. 그렇다면 성공이란 무엇일까? 내가 생각하는 성공은 "매일 행복을 선택하는 삶"이다. 오늘 행복하다고 느낄 수 있다면, 오늘 내 삶은 성공이다. 이렇게 글을 쓰고 글을 읽는 이 순간이 내일 다시 오리라는 보장은 절대 없다. 매 순간을 선물처럼, 매 시간을 감사하게, 항상 행복하게 사는 것이야말로 제대로 된 성공이라는 생각이 든다.

내 아이도 항상 행복했으면 좋겠다. 어느 TV 프로그램에서 연예인 김제동씨가 지인의 아들 돌잔치에 가서 돌잡이를 할 때 이런 말을 했다.

"보통 돌잡이 물건이 판사봉, 연필, 돈, 공 등입니다. 그런 것도 물론 좋겠지만 저는 이 아이가 행복을 잡았으면 좋겠습니다."

판사, 의사 등 근사한 직업을 가진 사람으로 자라는 것이 나쁘다는 것은 아니다. 훌륭한 사람이 되어 세상에 도움이 되는 것이 어찌 잘못된 일이겠는가. 그러나 직업이나 물질적인 가치가 아이의 삶의 목표가 되지는 않았으면 좋겠다. 내 아이가 추구하고자 하는 삶의 목표는 행복이길, 무엇보다 행복한 아이가 되기를 바란다. 우리 부부의 롤 모델 부부인 가수 션, 영화배우 정혜영 부부는 자신의 아이들이 돌을 맞이할 때마다 아픈 친구들을 찾아가 그 아이의 이름으로 기부를 하며 봉사활동을 한다고 한다. 그런 이웃들이 모두 자신들의 가족이라는 의미다. 깊이 감명 받았다. 나도 내 아이가 자신만을 위하는 사람이 되기보다 주변의 다른 이웃들도 함께 챙길 수 있는 그런 사람이 되었으면 좋겠다.

맨 처음 아기를 기다리는 나의 마음을 글로 쓴다고 생각했을 때, 아직 임신도 된 것이 아닌데 감정이입이 제대로 될 수 있을까 싶은 마음에 고민도 많이 했다. 혹시 내가 원하는 대로 아이의 형상을 만들어 버리지는 않을까 걱정도 했다. 그러나 글을 쓰면서 더욱 명확해졌다. 마음이 따뜻한 아이, 세상에 빛이 될 수 있는 아이, 나보다는 다른 사람을 더 귀하게 여길 줄 아는 넓은 아량을 가진 아이로 키우고 싶다. 오늘도 앞으로 나에게 생길 큰 선물을 그려보려 한다.

엄마는 매일 너를 그린다

남편은 어릴 적 가족과 여행을 다녀본 적이 없다고 한다. 물론 가까운 공원 같은 곳은 다녀봤겠지만, 시아버님이 운전을 하지 않으신 탓에 국내 여행조차 다녀본 적이 없다고 했다. 반면 나는 외향적이고 여행을 좋아하는 아빠 덕분에 여름만 되면 전국 곳곳을 다니며 누비고 다녔다. 그런 경험으로 인해 쉽게 도전하고 경험하는 것을 두려워 하지 않는 외향적인 성격이 되었다. 예전에는 가족여행이란 것이 평범한 사람들의 보통 일상이라고 생각했다. 남편 같은 사람들에게는 이런 작은 일상조차 부러움의 대상이었다는 사실에 놀라기도 했고, 철없는 내 자신에게 실망하기도 했다.

더 이상 시간이 흐르기 전에 시부모님과 가족여행을 다녀와야겠다고 결심했다. 친정 부모님이 서운해 하시려나 걱정했는데 오히려 너무 잘했다고 칭찬해주셔서 참 감사했다. 그렇게 해서 작년에 아가씨 부부와 우리 부부, 그리고 시부모님을 모시고 세부여행을 다녀왔다. 가족여행은 물론 해외여행도 처음이신 시부모님은 연신 기분이 좋으셨고, 다음에 또 여행 가자는 말씀에 마음 뿌듯했다. 남편도 가족여행에 대해 참 많은 감동을 느낀 것 같다.

세부 여행 이후로 우리 부부는 아이가 생기게 되면 꼭 자주 여행을 다니자고 결심했다. 얼마 전 〈언니들의 슬램덩크〉라는 TV 프로그램에서 배우 라미란의 숙달된 캠핑 준비 모습이 주목 받은 적이 있었다. 텐트를 치는 것부터 시작해서 야외에서 뚝딱 요리를 하는 모습까지 그야말로 숙달된 프로의 솜씨 같았다. 담당 PD가 라미란씨에게 캠핑을 자주 다니게 된 계기가 뭐냐고 물었다. 라미란 씨의 대답이 인상적이었다. 어느 휴일, 아들과 둘만 집에 있는데 TV와 컴퓨터에 빠져 서로 대화 한 마디 나누지 못했다고 한다. 한 공간에 있으면서도 아들과 따로 떨어진 듯한 느낌을 받은 라미란 씨는 그 자리에서 30년도 더 된 낡은 텐트를 하나 가지고 무작정 야외로 나가 캠핑을 시작했다. 캠핑을 하면서 아들과 이것저것 대화도 많이 하고, 장작불을 멍하니 바라보기도 했다. 그렇게 아들과 함께 하는 캠핑이 가장 행복한 시간이라고 말한다. 모르긴 해도 라미란 씨의 아들은 엄마와 깊은 유대관계가 형성되었을 것이고, 엄마와 같은 취미를 갖고 있다는 자체만으로도 큰 힘이 될 거라 믿는다.

선천적으로 허약한 체질이었던 나는 어릴 적부터 약하다는 소리를 많이 들었다. 밥을 잘 먹지 않는다고 해서 보양식으로 잉어즙을 먹기도 했고, 어린 나이 때부터 한약을 입에 달고 살기도 했다. 엄마도 약한 체질이라 개근상 한 번 못 받아 봤다면서 딸인 나에게는 아파도 학교 가서 아프라고 할 정도로 개근상에 대한 애착이 심하셨다. 그 정도로 체력이 많이 약한 편인데, 교통사고를 당한 후부터는 건강에 대한 관심이 많이 생겨서 지금은 식습관도 신경 쓰고 운동도 빠트리지 않는다. 덕분에 체력도 많이 좋아졌고, 몸도 꽤 건강해졌다.

어릴 적부터 운동에 관심이 없었다는 사실에 아쉬움 가득하다. 많은 아이들이 한 번쯤은 배워본다는 수영도 관심이 없었고, 운동에는 아예 흥미가 없었다. 반면 남편은 학교에 축구하러 다닌다고 할 정도로 운동을 좋아했다. 수능 일주일 전까지 학교에서 친구들과 축구하다가 엄청 혼난 적도 있다고 할 정도다. 남편도 타고난 체력은 그다지 좋은 편이 아닌데 어릴적부터 운동을 많이 했던 덕분에 지금까지 건강을 유지하고 있는 듯하다.

문득 남편에게 우리 아이가 어떤 아이였으면 좋겠냐고 물었다. 밑도 끝도 없이 생뚱맞게 물어봤지만 남편은 1초의 망설임도 없이 "운동을 좋아하고 즐거워하는 아이였으면 좋겠다고 대답했다. 함께 야외로 다니며 외향적인 활동을 많이 했으면 좋겠다고 한다. 얼마 전 "아빠와 같은 취미를 가진 아이"라는 신문 기사를 읽었다. 아빠와 딸이 함께 등산과 캠핑을 다니는 모습이 너무 보기 좋았다. 아빠와 함께 다닐 때 가장 좋은 점이 무엇이냐는 질문에 그 아이는 "아빠와 대화를 많이 할 수 있어서 좋다고 답변했다. 그와 반대로 앞에서 말한 부녀의 모습을 보니 참 보기 좋았고, 학교에서 있었던 일, 친구 관계에서 있었던 일 등을 허물없이 아빠와 대화할 수 있다는 사실이 참 행복하게 느껴졌다.

안타깝게도 나는 어려운 일이 있거나 중대한 결정을 내려야 하는 순간에 부모님과 상의를 해 본 기억이 거의 없다. 늘 스스로 알아서 그것도 실수 없이 하려 노력했다. 친한 언니, 친구 등 가까이 지내는 지인에게 진로를 상담하기도 했다. 물론 도움을 많이 받긴 했지만 부모님과 함께 진로와 고민을 나눈 적이 기억에 없는 듯하여 아쉬운 마음이 있다.

자신의 아이들과 세계여행을 하는 것이 목표라는 블로그 이웃이 있다. 아이의 건강상태에 따라 계획은 늘 변경되기도 하지만, 아이와 함께하는 세계여행은 생각만 해도 정말 근사할 것 같다. 대부분의 사람들은 어린아이들과 세계여행을 다니다가 아프기라도 하면, 또 위험한 일이 생기면 어떻게 할 거냐고 현실적인 걱정을 많이 한다. 그러나 그 부부는 그 이웃은 함께하는 시간을 아이에게 선물로 주고 싶다면서 그 어려운 실천을 계속 하고 있는 중이다. 다행히 아이들도 잘 즐겨주었고, 막상 해외에 가면 아기효과 덕분에 외국 사람들도 친절하게 잘 대해주고, 자신들과 다른 피부색의 아이를 보면서 귀엽다는 말을 아끼지 않는다고 한다. 실제로 도움도 많이 받고 관계도 깊어진단다. 나도 가끔 길을 가다 외국 아이들을 보면 너무 귀엽게 느껴지는데 아마 세상 사람들이 모두 비슷한 것 같다. 그 아이들이 나중에 커서 성인이 되었을 때 부모님과 함께 보낸 시간과 경험을 떠올린다면 얼마나 멋진 선물을 받은 느낌일까. 대부분의 사람들은 계획만 하고 실행하지 못하는 일이 많은데 이렇게 실천하고 있는 부부를 보면 본받고 싶다는 생각이 많이 든다.

내 아이에게 줄 수 있는 최고의 선물이란 무엇일까? 분명한 것은 물질적인 가치 즉, 돈이나 집, 자동차 같은 것이 아니라 아이들과 함께 하는 시간, 경험, 대화들이 부모가 줄 수 있는 최고의 선물이란 사실이다. 부모님에게 감사했던 기억을 떠올려보라면, 선물 받은 바비 인형이 아니라 나를 위한 따뜻한 말, 표정, 함께 해주었던 시간에 대한 고마움이 가장 먼저다. 나뿐만 아니라 대부분의 사람들이 같은 대답을 할 거라 믿는다. 평상시에 취미로 좋은 문구를 글씨를 쓰는 것을 좋아하는 나는 책을 읽다가 좋은 글귀가 있어서 엄마에게 적어 보낸 적이 있다.

"꿈 많던 엄마의 눈부신 젊은 날은 너란 꽃을 피게 했단다. 너란 꿈을 품게 됐단다."

라는 문구로 글씨를 써서 사진을 찍어 보내며 엄마는 꿈이 뭐냐고 물어보았다. 그러자 바로 엄마로부터 따뜻한 답장이 왔다.

"선미가 내 꿈이지."

예상치 못한 엄마의 답장을 받고 얼마나 가슴 먹먹했는지 모른다. 평생 나 때문에 힘들게 고생만 한 엄마 생각에 눈시울이 붉어졌다. 엄마의 답장 한 줄에 진심으로 감동했다. 나에겐 잊지 못할 순간이었다. 이렇듯 부모와 자식 사이에는 말 한마디가 큰 자양분이 되는 것 같다. 부모님에게 들었던 말 중에서 가장 힘이 되었던 한 마디가 무엇이었는지 잠시 생각해 보는 시간을 갖는 것도 좋을 것 같다. 분명 그 한마디가 힘이 되어 많은 용기와 격려를 받을 것이다.

우리는 살면서 그런 부분을 참 많이 잊게 되는 것 같다. 좋았던 부분은 잊어버리고 오히려 서운했고 섭섭했고 인정받지 못했던 기억만 불쑥불쑥 떠오를 때가 많다. 나의 부모님도 어린 나이에 부모가 되었을 테고, 지금보다 훨씬 어려운 상황과 형편에 고생도 많이 하셨을 것이다. 그럼에도 불구하고 내 입장에서는 엄마는 항상 엄마였던 것 같고 아빠는 원래부터 아빠였던 것 같다. 그래서 때로는 엄마가 엄마 역할을 잘 하지 못하는 것 같다는 생각에 이런저런 불만까지 생겼으니 내가 얼마나 철이 없었던가 말이다. 나도 초보 부모이기 때문에 아이에게 실수를 많이 할 수도 있다. 하지만 부족하더라도 아이에게 최고의 선물을 줄 수 있는 부모가 되고 싶다. 부모와 많은 시간을 보내는 삶이 될 수 있도록, 아름다운 자연을 경험하고 느껴볼 수 있는 기회를 많이 접할 수 있도록 해 주고 싶다. 어디를 가든 무엇을 하든 소소한 작은 추억이 곧 큰 덩어리가 되어 앞으로 살아갈 때에 그 경험들이 쌓이고 쌓여 많은 힘이 될 수 있도록 말이다.

어렸을 때 아빠, 엄마와 이곳저곳 전국방방 곳곳을 돌아다닌 나는 문득문 득 생각나는 소소한 추억들이 참 많다. 초등학교 2학년 때 이름도 모르는 외진 시골 민박집에 숙소를 잡았다. 마침 어미 강아지가 새끼를 많이 낳았었는데, 내가 너무 예뻐하는 모습을 보고 아빠가 5천 원에 새끼강아지를 사주셨다. 그 후 새끼강아지 우유를 먹이러 그 외딴 시골에는 팔지도 않는 젖병을 구하러 읍내까지 나가서 우유와 젖병을 사서 강아지에게 준 기억, 오징어회와 초장을 사다가 차 안에서 쭈그리고 함께 진짜 맛있다며 엄지 척 들 쳐가면서 먹었던 적, 아주 비가 많이 온 날 웅덩이에 차가 빠져서 한참을 덜 덜 떨었던 기억 등 이런저런 소소한 추억들을 쌓으면서 나는 커갔던 것 같 다. 이러한 추억들이 10년, 20년이 지나 그때는 이랬네 저랬네 하면서 웃음 소재로 많이 등장했고, 내가 여러 감정들을 가질 수 있는 씨앗이 되어주었 다.

아이에게 맛있는 식사와 휴양지의 멋진 여행 등을 경험하게 해주면 자유 로운 상태를 느낄 수 있고, 남에게 베푸는 기쁨과 행복을 느끼게 해주려면 기부나 봉사활동에 참여시켜주면 된다. 내가 모은 100원, 200원으로 어려운 사람을 도와 주었을 때 느끼는 자신만의 기쁨은 남에게 도움을 주는 것이 결국 나에게도 행복한 일임을 알게 될 것이기 때문이다.

봉사 또는 기부를 하는 사람들이 하나같이 하는 말은 남을 도와주러 왔는데 결국엔 본인이 힐링하고 간다는 이야기를 참 많이 한다. 처음에는 그냥 빈 말로 그러는 거겠지 라고 생각했지만 직접 경험해 본 후 정말 그 말이 무슨 뜻인지 100% 이해가 되었다. 한번은 교회화단에 잡초를 뽑는 봉사에 참여한 적이 있었다. 정말 뽑아도 뽑아도 끝이 없는 잡초 덕에 30도가 육박하는 여름 날씨에 여간 힘이 들었던 것이 아니다. 그러나 봉사를 마친 후 화단을 다시 바라보니 내 자식같이 그렇게 예뻐보일 수가 없어 보였다.

지금도 주일마다 지나오면서 아유 예뻐진 화단 너무 좋다~하면서 행복해하고 있는 나를 발견했다. 그러다 문득 자녀를 키우는 것도 봉사와 같지 않을까 라는 생각이 들었다. 아낌없는 사랑, 아낌없는 헌신이 필요하며, 봉사가 마친 후 느껴지는 감정처럼, 나의 모든 맘을 다 주었는데도 아깝기는커녕 행복하기만 하는 모습.. 정말 한 순간 한 순간 그 어느 하나 놓치지 않도록 매 순간을 소중히 여기는 마음과 감사하는 마음, 사랑하는 마음으로 후회 없이 살고 싶다.

오늘은
비가 내린다

　아는 지인이 말했다. 자기는 돌잔치만 다녀오면 애잔하다고. 무슨 뜻이냐고 물었더니 앞으로 그 아이가 짊어질 인생의 고난과 풍파를 생각하면 애잔하다는 말이란다. 진담 섞인 농담이었다. 우스갯소리로 한 말이었겠지만 딱 잘라 아니라고 할 수는 없었다. 살면서 어찌 좋은 일만 있을 수 있겠는가. 아직 아무것도 모르는 돌잡이 아기에게 들려주고 싶지 않은 이야기일 지도 모르겠다.

　살다보면 밝고 따뜻한 일도 있는 반면 어둡고 힘든 고난의 시간들도 닥쳐오기 마련이다. 물고기를 잡아주지 말고 잡는 방법을 가르쳐주라는 말이 있다. 힘든 시간을 만나게 될 때 부모가 나서서 해결해주기보다는 고난을 대처할 수 있는 지혜와 용기를 갖게 해 주는 것이 더 중요하다.

학창시절, 누구나 그렇듯 인간관계, 진로, 학업문제 등으로 많은 고민을 했었다. 가장 중요하고 힘든 순간에 나는 누구에게 의지했을까 떠올려봤다. 아무도 없었다. 친구들에게 이야기 한 적도 있고 아는 언니에게 말한 적도 있겠지만, 생각해보니 혼자 억누르고 견뎠던 시간이 더 많은 듯하다. 그럴 때 부모님과 함께 상의를 했더라면 어땠을까 라는 생각이 든다. 물론 세대차이가 날 수도 있고 내 마음 몰라준다고 속상했을 수도 있겠지만, 시도라도 해봤으면 어땠을까 아쉬움이 남는다. 진로를 선택함에 있어서도 많은 혼란과 걱정을 했는데, 그 때도 혼자 생각하는 것이 더 익숙했었던 것 같다.

대학교 시절, 색채를 이용하여 자신을 소개, 설명하라는 과제가 있었다. 당시 내 머리 모양이 버섯을 닮았다며 친구들이 버섯이라고 불렀다. 버섯을 이용하여 밝은 색과 어두운 색으로 표현했는데, 작품 설명에 대한 짧은 글을 이렇게 적었다.

'비가 온 뒤 언제 그랬냐는 듯 찾아오는 햇님처럼 나의 마음은 언제나 이런 식이다. 금방 밝았다가, 금방 어두워지듯 감정의 기복이 심하다. 버섯을 모티브로 삼은 이유는 내 별명이 버섯이기 때문이다. 같은 풀, 같은 땅에 붙어 있는 버섯이지만 기분이 좋거나 행복할 때는 한층 밝은 색이고, 우울하고 힘든 일이 있을 때의 버섯은 어둡기 그지없다. 햇빛 쨍쨍한 밝은 날에 갑자기 찾아올 수도 있는 소나기, 이게 바로 나의 솔직한 모습이 아닐까?

10년도 더 지난 글이라 창피하기 짝이 없고, 갓 대학에 입학한 파릇파릇한 스무 살 나의 모습을 표현한 글 치고는 지금 봐도 우울하기 짝이 없다. 밝고 푸르기만 해도 모자랄 시기에 이렇듯 우울한 글로 나를 표현했다니. 아마 그 시절에도 내 자신을 그저 밝기만 한 사람이라고 생각하지는 않았던 것 같다. 그런데 가족들을 포함한 주변의 많은 사람들은 나를 지극히 밝은 아이로 여겨주었다. 언제나 큰 소리로 웃고, 사람 만나는 것을 좋아했기 때문에 늘 씩씩하고 밝은 모습이 많이 비춰진 듯하다. 사실 혼자 있을 때면 마음을 솔직하게 터놓을 상대가 없다는 사실에 우울하곤 했다. 주변에는 얼마든지 나의 진솔한 이야기를 들어주고 함께 공감해 줄 수 있는 사람들이 많았는데도 불구하고 스스로 울타리를 쳐서 방어하고 살았다. 간단한 심리검사에서 집을 그리라는 주제에서도 나는 2층 집에 꼭 울타리를 그렸다. 울타리는 누군가 나의 영역에 들어오지 않았으면 좋겠다는 일종의 자기 방어 표현이라고 한다.

무엇이 나를 그렇게 얽매고 있었을까? 앞서 말했듯 부모님은 목회사역을 하셨다. 신앙적인 부분에서는 지금까지도 많은 영향을 주시고, 항상 뒤에서 기도해 주시는 소리 없는 응원이 나를 지금까지 잘 살 수 있도록 만들어 주신 것 같다. 그러나 부모님의 목회사역이 때론 나에게 십자가가 되기도 했다. 어린 나이에 조금이라도 실수를 하거나 잘못된 행동을 하게 되면 친구들끼리 "목사 자녀가 왜 저래?"라며 뒤에서 수군거렸고, 어른들도 못마땅한 눈으로 나를 쳐다보곤 했다. 아빠의 목회가 가장 부흥되었고 교회규모도 꽤 커져서 대부분의 사람들이 내가 목회자 자녀임을 알았을 때 나는 초등학생 5학년이었다. 그런 내가 학교에서 조금만 잘못된 행동을 하면 친구들이 "목사님 딸은 그러면 안 되는 거 아니야?" 라며 비꼬았고, 마치 목사 딸은 천사같이 살아야 하는 것처럼 눈치를 보며 지내야 했다. 그때부터였던 것 같다. 나는 사람들에게 잘 보여야 한다는 강박을 가지게 되어 늘 웃고 바르게 행동하려 애썼다. 오랜 시간 동안 진짜 내 모습보다는 남들에게 보이기 위한 노력을 많이 기울이다보니 부모님에게까지도 나의 속마음이나 생각을 쉽게 드러내지 못했던 것 같다.

나는 부모님에게 경제적 부담을 안겨드리지 않고 혼자서 결혼 준비를 하는 것이 목표였기 때문에 적은 월급도 차곡차곡 모았고 남편과 돈을 합쳐 스스로 결혼할 수 있었다. 언제나 그랬듯이 결혼준비까지 혼자 하는 모습에 나 스스로는 대견해 했지만 부모님의 생각은 달랐던 것 같다. 물론 대견하다는 생각도 가지셨겠지만 서운함도 함께 느끼셨다고 한다. 부모님 입장에서 부모님과 상의도 하면서 이것저것 함께 준비해주고 싶은 마음이 크셨을 터다. 부모님께 걱정 끼치지 말자고 스스로 하려고 했던 일들이 부모님을 섭섭하게 해드렸을 수도 있겠구나 라고 결혼 후에야 비로소 깨달을 수 있었다. 자립심이 강하다는 것은 칭찬받을 일이다. 하지만 부모님의 마음을 헤아리지 못했다는 사실은 변명의 여지가 없다. 아마 평소에 부모님과 상의하는 것에 익숙하지 않았기 때문일 것이다.

정은경 작가의 《코칭맘》 이란 책을 보면, 아이가 진정 원하는 것이 무엇인지, 어떻게 아이의 재능을 발견할 수 있을지, 어떻게 해야 아이가 자신의 재능을 펼쳐나갈 수 있을지 부모는 아이의 입장에서 고민해야 한다고 한다. 그와 같은 노력을 하기 위해서는 첫째, 부모가 결정하기보다 아이 스스로 결정하게 만들어야 하고 둘째, 다양한 지역을 여행하면서 다채로운 활동을 직접 경험하게 함으로써 사고의 폭을 넓혀주고 창의성을 길러주어야 하며 셋째, 가정에서 많은 대화를 나누고 아이가 자신의 생각을 이야기할 때 존중해 주려는 노력을 기울여야 한다고 강조한다. 한 마디로 성공하는 아이 뒤에는 '코칭맘'이 있어야 한다는 말이다. 부모와 자녀가 허물없이 대화하고 용기와 격려를 줄 수 있는 관계가 되었으면 좋겠다. 아이 역시 자신의 감정을 이야기 할 줄 알고, 가족과 함께 스스럼없이 대화하는 것을 좋아했으면 좋겠다. 타고난 성격도 있겠지만 환경적인 영향도 굉장히 크다고 생각한다.

내가 혼자 모든 것을 결정하려고 했던 것과 《코칭맘》에서 말하는 부모가 아이에게 스스로 뭔가를 결정하고 발견해 나가게 하는 방법과는 확연히 달랐다. 부모와 함께 대화할 수 있는 환경을 만들어 주어야 하고 아이의 말을 들어주는 경청의 자세도 필요하며 함께 의논할 수 있는 분위기도 제공해야 한다.

우리부부는 독서외엔 특별히 내세울 수 있는 취미가 없다. 그럼에도 불구하고 서로가 지나가기만 해도 무슨 생각을 갖고 있는지 알 것만 같다. 그 이유는 정말 눈만 마주치면 하는 대화의 시간 덕분이지 아닐까 싶다. 대화라고 해서 늘 좋은 이야기만 오고가는 것은 아니다. 서운했던 것, 이해하지 못했던 일들, 이해해 주었으면 하는 것들 등 정말 비밀 하나 없이 이야기하다 보면 어느새 꽁꽁 얼어있던 마음이 스르륵 녹는다. 서운함, 섭섭함 등의 감정은 상대방이 내 마음을 모르는 것 같다는 오해에서 시작된다. 가족 모두가 대화를 즐기는 모습, 늘 꿈꿔본다.

꿈속에서 만난 너

내 태몽은 엄마가 꿨다고 한다. 형형색색 가득한 꿈. 그렇게 컬러풀한 꿈은 처음이셨다고 한다. 꿈속에 또렷하게 보였던 것은 각종 열매들이었는데, 아마도 내가 밥보다 과일을 좋아하는 식성과 무관하지 않은 듯하다.

컬러풀한 태몽이었기 때문일까, 나는 실제로 색을 참 좋아한다. 가장 좋아하는 색이 따로 없을 정도로 거의 모든 색을 편견 없이 좋아한다. 어릴 적 크레파스를 산다고 하면 기본 16색은 거들떠보지도 않았고 꼭 64색을 사야 문구점을 나설 수 있었다. 다행히 엄마는 내가 그림을 좋아한다는 사실에 만족하셨기 때문에 원하는 대로 사주셨다.

기분이 울적하거나 마음의 힐링이 필요할 때에는 꽃 시장에 간다. 꽃을 좋아하는 것도 사실이지만 선명한 색을 보고 있으면 마음이 풍족하게 채워지는 것 같기 때문이다. 실제로 미대에 진학하였고 항상 원색을 보며 생활해야 하는 유아교사로도 일했으니 나름 취향에 따른 삶을 살았다고 봐도 좋겠다.

남편의 태몽이 궁금해 시어머니께 여쭤 봤다. 남편의 태몽은 나무였다고 한다. 엄청나게 큰 나무가 떡 하니 어머니 앞에 있었단다. 열매와 나무, 우리 부부는 태몽을 가지고 또 천생연분이라며 한바탕 웃었다. 큰 나무 태몽을 이유로 시어머니는 남편에게 항상 180cm까지 크라고 주문을 외우셨다. 지금 남편의 키는 에누리 없이 180cm다. 가끔씩 우스갯소리로 시어머니는 185cm까지 크라고 말하지 않았던 것을 후회하신다고 했다. 말하는 대로 이루어진 현실, 그게 과연 우연이었을까? 부모가 아이에게 하는 말의 힘은 정말 크다고 생각한다. 부모가 하는 소소한 한 마디가 자양분이 되어 열매를 맺을 수 있도록 무의식이 움직이는 게 확실하다.

김영희 작가의 《끝내는 엄마 끝내주는 엄마》를 보면, 첫 아이를 임신하고 나서 4개월쯤 되었을 때 아이를 위한 기도문을 작성했다고 한다. 첫 아이가 어느 정도 컸을 때 보여주었더니 창피하다고 했다지만 부모님이 본인을 위해 태어나기도 전부터 작성해 둔 기도문이 참 힘이 되었다는 말을 그 후에 전했다고 한다. 기도문이든 말이든, 아이가 성장 과정에서 부모로부터 들은 말은 삶에 많은 도움이 될 거라고 확신한다.

개인적으로 '말하는 대로' 라는 노래를 좋아한다. 방송인 유재석 씨가 예능 프로그램에서 불렀던 노래이기 때문에 자칫 가볍게 들릴 수도 있는데, 이 노래만큼은 유재석 씨가 어려웠던 시절과 그 이후의 삶에 대해 담담히 표현해 지은 노래이기 때문에 공감도 가고 때론 위로도 되는 노래다. 무명

시절에 불안하고 초조한 마음으로 '항상 왜 안 될까?'라는 생각을 하며 자책했지만, 멈추지 않고 꿈꾸며 도전했고, 자신에 대한 믿음을 잃지 않았다는 내용이다. 노래 가사가 그대로 지금의 유재석씨를 만들어내지 않았나 싶다.

유아교사로 일하면서 아이들에게 칭찬스티커 방법을 많이 이용했다. 숙제를 잘 하거나 수업태도가 좋거나 친구를 잘 도와주었을 때에는 스티커를 붙이며 칭찬을 해주었다. 내가 가장 칭찬을 많이 해주는 경우는 친구들에게 혹은 선생님에게 말을 예쁘게 했을 때다. 이 방법은 게임을 할 때에도 많은 효과를 얻었다. 게임에는 항상 승자와 패자가 나뉘는 법이다. 7살도 채 되지 않은 아이들이 게임을 하다 지면 여간 속상한 게 아니다. 승부욕이 강한 아이들에게 게임 전 항상 충분한 대화를 했다. 만약 이기게 되면 기뻐하되 진 팀에게 "축하해줘서 고마워, 너희도 이길 수 있어!" 라고 이야기 해주고, 또 지게 된다면 비록 아쉽지만 이긴 팀에게 "축하해!" 라고 말해주기로 규칙을 정했다. 처음에는 시행착오도 많았다. 게임에 지고 대성통곡을 하는 아이들도 있었고, 이기고 난 후에 하루 종일 친구를 놀리는 경우도 많았다. 그러나 게임을 반복할수록 승패에 대한 깨끗한 인정과 축하를 연습했더니 이길 수도 있고 질 수도 있다는 사실을 점차 받아들이기 시작했다. 게임에 진 것보다 놀림 받는 것이 더 싫었을 터다.

아이들의 게임에만 적용된 것이 아니라 우리 교사들 사이에서도 활용 가능했다. 유치원에서 일하다 보면 아무래도 학부모들의 좋지 않은 모습을 보게 되는 경우가 많다. 그래서 가끔은 교사들끼리 모여 학부모 흉을 보기도 한다. 어느 조직에서나 상식 밖의 행동을 하는 사람이 있기 마련이고, 또 그런 사람에 대한 흥보기도 자연스러운 현상인 듯하다.

그러나 일부 몰지각한 사람들 때문에 전체가 욕을 먹는 경우는 없어야겠다. 당연히 감사하고 본받을 만한 학부모도 많았다. 따뜻한 말 한마디로 보람과 성취감을 느낄 때, 유아교사라는 직업을 가지게 된 것이 참 흐뭇하기도 했다.

아이들에게 말을 예쁘게 하는 법을 가르치다 보니 교사들 간에도 항상 존중하고 배려하는 말투가 입에 배였던 것 같다. 어른이 먼저 본보기가 되어야 아이들도 그대로 배울 수 있다.

서로를 존중하고 배려하는 말을 자연스럽게 오고가는 가정 속에서, 내 아이도 말을 예쁘게 하는 아이로 컸으면 좋겠다. 설득력 있게 말을 잘 하는 것도 중요하겠지만 진심어린 말을 잘 하는 아이가 되었으면 좋겠다. 배설하는 말이 아니라 배려하는 말, 허무는 말이 아니라 세우는 말, 경박한 말이 아니라 품위 있는 말을 하는 아이가 되기를 바란다. 유재석 씨가 국민MC라고 불리는 이유가 무엇일까. 말을 많이 해야 하는 직업임에도 불구하고 상대방의 말을 자연스럽게 끌어내고, 스스로 대화에 참여할 수 있도록 배려해 주는 능력이 탁월하기 때문이 아닐까. 말을 잘 하는 것도 중요하지만 어떤 말을 하느냐가 더 중요하다. 내가 뱉은 말이 상대방을 무너트릴 수 있고 높일 수도 있다는 사실을 잊지 말았으면 좋겠다.

어떤 것을
가장 좋아할까?

나는 어릴 적부터 좋아하는 게 뚜렷했다. 좋아하는 것, 좋아하는 음식, 좋아하는 가수 등 누가 알려주지도 않았는데 호불호가 분명했다. 아마 나만의 뭔가를 간직한다는 것이 참 좋았던 것 같다. 내가 좋아하는 것에 대한 자부심 정도로 표현할 수 있겠다.

물건에 대한 책임감도 강했다. 친구들은 열쇠나 우산을 하루가 멀다 하고 잃어버리는데 나는 단 한 번도 물건을 잃어버린 적이 없다. 내 물건에 대해 애착을 강했던 것이다. 가격이 비싼 것도 아니었고, 유명한 브랜드도 아니었다. 물건을 잃어버리면 안 된다는 엄마의 잔소리가 있었던 것도 아니다. 그냥 내 것이라는 자체에 특별함을 부여했던 것 같다. 스스로 좋아하고, 지키려고 노력했다.

사람을 좋아하는 감정도 마찬가지였다. 어릴 적 친구, 선생님 등 좋아하는 감정이 생기면 그 감정 자체를 아주 소중하게 여겼다. 같은 사물이나 동물을 보고도 좋아하는 사람이 있는가 하면 질색을 하며 싫어하는 사람도 있다. 나는 강아지를 참 좋아한다. 지금은 무지개 다리를 건너갔지만, 결혼 전까지만 해도 친정에서 강아지를 키웠다. 강아지를 키워본 사람들은 알겠지만 동물이라는 생각보다 한 가족처럼 느껴진다. 그만큼 많은 애정과 감정을 교류하며 지낸다.

하지만 강아지를 싫어하는 사람들은 강아지를 키우는 사람들을 이해하지 못한다. 좋아하는 감정 혹은 싫어하는 감정은 모두가 개인의 마음에서 우러나오는 것이다. 타인의 말이나 행동에 따라 좌우되는 경우는 없다.

누구나 강제로 시키는 것은 하기 싫어진다. 공부하라는 소리를 지겹도록 들으면 더 공부하기 싫어진다. 공부를 주도적으로 할 수 있는 상황이나 여건이 만들어지지 않았기 때문이다. 중학교 때부터 뷰티와 미용에 관심이 많은 친구가 있었다. 사춘기, 한참 외모에 관심이 많은 나이에 꾸미는 것을 좋아하는 건 어쩌면 당연할 지도 모르겠다. 나도 그 친구를 보면서 공부보다는 뷰티와 미용에 관심이 많구나 정도로만 여겼다. 딱히 선생님들로부터 잔소리를 듣거나 혼이 난 적은 거의 없지만, 아무래도 공부에 별 관심이 없고 다른 쪽으로만 흥미를 가지니까 별로 귀여움을 받지는 못했던 것 같다. 그랬던 친구가 지금은 뷰티 사업을 하며 어엿한 사장님 소리를 듣고 산다. 공부가 하기 싫다는 이유로 딴 짓을 한 것이 아니라 진심으로 뷰티와 미용에 관심이 많았던 것이다. 무슨 일이든 약간의 호기심 정도로는 1년을 넘기기가 힘든다. 기껏해야 몇 개월 지나면 포기하게 된다. 꾸준함을 갖기 힘들다는 말이다.

15년이 지난 지금, 친구는 그때 자신이 좋아했던 분야를 직업으로까지 이어왔다. 학창시절에는 공부를 잘하는 아이가 가장 행복하고 멋져 보였다. 그런데 돌이켜보면 뭔가를 잘 하는 사람보다 그 일을 좋아하는 사람이 훨씬 더 멋지다는 사실을 느낄 수 있다.

자신이 무엇을 좋아하는지 뚜렷하게 아는 사람은 자신만의 삶을 꾸려나갈 수 있다. 잘 하는사람은 즐기는 사람을 이기지 못한다. 진정 마음에서 우러나와 즐기는 사람들의 대부분은 돈이나 물질적인 부에 목표를 두지 않는다. 즐기는 마음 자체에서 출발한다. 분명 그 친구도 자기 자신을 가장 사랑했기 때문에 좋아하는 일에 매진할 수 있는 용기를 가졌을 것이다.

좋아하는 삶이 행복이다. 자신이 무엇을 좋아하는지 모르겠다고 말하는 사람들은 표정도, 말투도 항상 우울하다. 좋아하는 것이 분명하고 정확한 사람일수록 활기 넘친다. '덕후'라는 말이 있다. '덕후'란, 일본어 오타쿠를 한국식으로 발음한 '오덕후'의 줄임말이다. 오타쿠는 1970년대 일본에서 등장한 신조어로 원래 집이나 댁(당신의 높임말)이라는 뜻이지만 집 안에만 틀어박혀서 취미생활을 하는, 사회성이 부족한 사람이라는 의미로 사용된다. 하지만 최근에는 어떤 분야에 몰두해 열정과 흥미를 가지고 있는 사람이라는 긍정적인 의미로 쓰인다. 연예계의 대표적인 덕후로 배우 심형탁 씨가 있다. 깔끔한 외모와 훤칠한 키에 비해 도라에몽이라는 로봇인형을 광적으로 좋아하기 때문에 도라에몽 덕후라 부른다. 무려 20년 동안 좋아했다고 하니 덕후라는 말이 가히 어울릴 만 하다. 그런 심형탁 씨가 도라에몽 덕후가 된 사연은 결코 가볍지 않았다. 심형탁 씨는 순한 성격 탓에 학창시절에 친구들 사이에서 왕따였다고 한다. 자신의 주변에 아무도 없다고 느꼈을 때, 도라에몽 같은 로봇친구가 있으면 얼마나 좋을까 라는 생각을 가졌다. 로봇친구는 내 말을 다 들어줄 것도 같았고, 언제든 함께 있어줄 것만 같다고 생각한 것이다. 힘든 시절이었지만 실제로 도라에몽이라는 로봇캐릭터를 좋아한 후부터는 우울증이 없어졌다고 한다. 그에게 도라에몽은 단순한 캐릭터를 넘어 삶의 친구이자 동반자이며 엔돌핀이었던 것이다.

무슨 남자가 그런 것을 좋아하느냐, 배우 이미지 생각도 하지 않느냐 등등 많은 악플도 난무했지만 도라에몽을 좋아하게 된 사연이 알려지자 위로와 격려의 댓글이 훨씬 많아졌다고 한다.

무엇을 좋아하는 데에는 다 이유가 있다. 이유가 없다면 출발점이라도 있다. 도의와 법에 어긋난 것이 아닌 이상 아이가 좋아하는 것들에 대해 존중하고 싶다. 같은 엄마,아빠로부터 태어난 형제,남매의 성격과 취향도 모두 다르지 않는가. 결혼 전 우리 가족은 샴푸를 4 종류나 썼다. 엄마, 아빠, 오빠, 나의 샴푸가 모두 달랐던 것이다. 처음에는 웃기기도 했고 뭐 이렇게까지 하나 싶었지만 서로의 관심사와 취향이 다름을 인정하고부터 자연스러워 졌다. 가족이라고 해서 같은 성격, 같은 관심사를 유도해서는 안 된다고 생각한다.

그렇기에 정말 그 아이가 좋아하는게 무엇인지, 관심을 두는 것이 무엇인지 잘 알아차릴 수 있는 엄마가 되고 싶다. 그 이전에 아이가 좋아하게 될 것들이 무엇일지 참 궁금하다. 어떤 음식을 좋아할지, 어떤 색깔을 좋아할지, 어떤 취향을 좋아할지 등 그 아이가 진정 마음으로 스스로 선택한 것들이 어떤 것이 있을지 참 궁금하다. 모든 것은 우연으로 이루어지지 않는다. 무의식속에서 내가 알지 못하는 것들에 흥미를 느낄 수도 있다. 하지만 그런 것들이 스스로 단번에 알아차려지지 않을 수 있다. 많은 경험속에서 느끼는 내 감정을 잘 들여다볼 줄 아는 지혜가 필요할 것이다. 그것을 내가 왜 좋아하는지, 좋아하게 된 계기가 어떻게 되었는지 등 자신의 마음의 소리에 귀기울일 줄 알았으면 좋겠다.

어렸을부터 미술을 좋아했다. 그런데 가만보면 진짜 내가 미술을 좋아했는지 미술을 좋아했던 오빠 때문에 좋아하게 되었는지 가끔 의문이 생길 때도 있었다. 어릴 적 오빠가 미술을 너무 좋아하는 모습이 좋아보여서 내가 좋아한 것인가 라는 생각도 들었다. 물론 100% 오빠 때문에 미술을 좋아하는 것이라는 생각이 들 수 없게 상도 많이 받고, 인정도 받았다. 하지만 분명 다른 사람이 좋아하는 것에 대해 나도 더 좋아하고 싶다는 생각을 갖게 된 것도 있을 것 같다. 진짜 내가 원하는 게 아니었을 수도. 나는 지금 글을 읽고, 글을 쓰고, 말보다 글로 표현하는 것이 더 좋다. 이 감정을 느꼈을 때엔 내가 정말 스스로에게 객관화하여 바라보았을 때 느꼈던 감정이었기에 확신하게 되었다. 좋아하는 것이 생길 때 진정으로 내가 원하는 것을 알아차릴 때 그것만큼 행복한 것이 없는 것 같다. 내 아이가 앞으로 좋아하게 될 그 모든 것들이 아직은 불확실 하지만, 분명 진정으로 자신이 행복한 것을 찾으리라 믿으며, 나는 이 모든 것들을 응원해주고 싶다. 진정 자신이 원하는 그 삶을 말이다. "육아의 8할은 기다림이다. 기다려라. 아이는 단지 미숙할 뿐이다. 반복훈련으로 익숙해진다. 부모의 인내로 아이가 성장한다."라는 김영희 작가님의 말씀처럼 아이가 진정 좋아하는 것을 찾을 때 까지 기다려줄 수 있는 부모가 되고 싶다.

제3장
삶이란 이런 거란다

눈물 나는 날에는

비록 짧은 삶이었지만, 지난 삶 속에서 가장 들려주고 싶은 이야기가 있다. 내 삶에서 자녀들에게 물려주고 싶은 것이 무엇이냐고 묻는다면 1초의 망설임도 없이 인격적인 신앙을 갖는것이라고 답할 것이다. 많이 방황도 하였지만 힘든 형편 속에서 그래도 꿋꿋하게 자랄 수 있었던 것 중에 하나는 나에게 의지할 수 있는 신앙이 있었기 때문이었다. 엄마 아빠가 사역을 하시기에 당연히 신앙을 갖는게 자연스러울 수도 있지만, 신앙은 내가 만들어 가는 것이지 남이 아무리 설득해도 당연히 생기는 것은 아니다. 하지만 엄마 아빠의 사역으로 인해 어렸을 때에는 불만이 많았다. 맨날 손해보는 것만 같고, 남 도와주기에만 사는 부모님 같고, 우리 먼저 잘 살면 안 될까 하는 생각까지도 들었을 정도였기 때문이다. 지금은 상황이 많이 좋아졌지만 형편이 정말 어려웠을 때에는 고등학교 등록비도 못 낸 적도 있었다. 한참 사춘기 시절에 어려운 형편으로 인해 속 앓이도 많이 했다.

내가 결정적으로 인격적인 신앙을 가질 수 있었던 계기는, 남편을 만나고 결혼을 한 후부터다. 남편은 20살 때부터 동네에 아는 형의 권유로 한 번 가본 교회에서 신앙을 갖고 지금까지도 가지게 된 사람이다. 선교도 여러 번 다녀오고 누구보다도 신앙 활동을 열심히 했기에 나는 원래부터 신앙이 있었던 사람인 줄 알았다. 그런데 부모님은 전혀 믿지 않으시고, 제사까지 드리는 집이였던 것이다. 나는 이 부분이 걱정되어 결혼을 앞두고 있을때쯤 엄마에게 산책하면서 자연스럽게 물어보기도 했었다. 남자친구는 신앙이 있지만 집안은 신앙이 없는데 괜찮을지에 대해서 말이다. 반대할 것만 같았던 엄마가 "신앙은 처음부터 생기는 것은 아니다. 신앙보다 중요한 건 인성 이라며 그 부모님들의 성품이 더 중요하고 신앙은 만들어질 수 있다. 엄마 아빠는 반대하지 않을 테니 걱정 마."라고 하셨다. 그날 엄마에게 정말 감동을 받았다. 평생 사역만 하신 부모님이 신앙이 없는 집안에 가서 결혼을 한다고 하면 당연히 놀래시거나 마음 아파하실 줄 알았는데 겉으로만 그러신지 몰라도 흔쾌히 승락해 주셨다. 아마 그것 또한 은혜였던 것 같다. 물론 집안의 문화가 신앙적으로 많이 달라서 결혼 후 첫 제사 때에는 너무 무섭기도 하고 어떻게 해야 하는지도 몰라 엉엉 울기도 했지만 많은 시행착오를 겪고는 시댁에 가서 내가 신앙의 표본이 되라는 부모님의 말씀이 조금씩 이해가 가고 있다. 그렇기에 더 바른 믿음을 가지려 노력하지 않을 수 없었다.

신앙은 단순히 일요일 11시에 교회가서 예배 드리고, 잠깐 모임 한 번 갖고 오는 것이 아니다. 신앙은 그 사람의 성품과 삶에서 나오는 것인데, 많은 사람들에게 좋지 않은 이야기를 듣고 있는 현실은, 우리가 행하는 것들이 바른 믿음에서 나오지 않는 것이라 생각이 된다. 나는 지금 내 스스로가 성품적으로 인격적으로 완벽하기 때문에 앞으로의 자녀에게 신앙을 선물하고 싶다고 이야기하는 것이 아니다. 나 역시도 한없이 부족하고 작은 믿음 앞에서 매일매일 무너지고 있는 현실이다. 그러나 우리 가정은 믿음의 가정으로 선한 영향력을 끼치며 이웃을 돌아보며 겸손한 삶을 살고 싶다. 그러기 위해선 우선 우리 부부가 먼저 바로서고, 성경대로 사는 모습을 살고자 하는 소망이 있기에 함께 만들어 가고 싶다는 것이다.

우리나라에 대표적인 국민부부라고 불리는 션과 정혜영 부부를 보자. 선한 영향력을 끼치고 있는 사람으로 비기독교인들에게까지도 찬사를 받고 있다. 그 이유는 무엇일까? 자신만의 이익을 추구하지 않고 어려운 많은 사람들과 함께 어깨를 메고 살아가는 모습은 각박한 이 세상에서 많은 사람들의 꿈과 희망이 되어주고 있다. 자녀에게 매일 "너는 하나님의 형상이야" "사랑해. 축복해"라며 끊임없는 사랑고백을 해주고, 많은 이웃들과 함께 하나님의 자녀로 살아가기를 꿈을 꾸고 사는 부부. 우리 부부의 롤 모델이다. 언제는 한번 션의 기부 토크쇼에 참석한 적이 있다. 책으로 익히 들은 내용들이 많이 있었지만 실제로 만나 이야기를 들어보니 대단하다라는 말 밖에 나오지 않았다. 그 중에 100명의 아이를 후원하고 있다는 사실은 감탄을 금치 못했다. 아직도 전세집에 살면서 100명의 아이들을 후원하고 있다는 션과 정혜영 부부를 보면서 이 세상에 정말 이루고 가야 할 것은 무엇이고 추구해야할 가치는 무엇일까 생각해 보게 된다. 많은 사람들이 물었다. 이렇게 많은 사람들을 후원하고 기부를 하는 이유가 뭐냐고. 그가 대답했다. 예수님의 사랑을 받아서라고. 진솔하고 꾸밈없는 대답에 나의 신앙이 절로 부끄러워지는 순간이였다. 1명을 후원하고 있는 것도 굉장히 잘 하고 있는 일이라며 겸손하지 못한 자세로 살고 있었던 내가 정말 부끄러웠다.

실제로 나도 그런 도움을 받은 적이 있었다. 어려웠던 학창시절에 고등학교도 겨우 졸업을 하고, 대학교에 합격 통보를 받았다. 그 다음해에 입학을 하려고 하는데 등록금이 없었다. 학자금 대출을 받아야 하나 생각하는 중에 아빠가 본인 이름으로 대출을 받자고 하셔서 함께 은행에 갔다. 대출을 받으려는 마지막 절차에서 내 서명이 필요하다고 해서 은행에 함께 가는 아빠의 뒷모습은 어리석게도 참 창피하다고 생각을 했다.

대출의 절차는 생각보다 까다로웠다. 이것저것 살펴보고 설명하고 은행 창구에 아빠와 함께 있는 시간내내 내 얼굴을 새빨간 사과처럼 붉어졌다. 아빠가 서명을 하고 내가 서명을 하려는 순간 아빠에게 전화가 한 통 울렸다. 아빠와 관계가 깊으신 함민덕 목사님께서 학비를 대주겠다고 걱정하지 말라는 전화였다. 거짓말 같게도 서명을 하려는 순간 목사님에게서 전화가 온 것이다. 그 자리에서 아빠는 눈물을 훔치며 거듭 고맙다고 하시며 나는 서명을 하지 않아도 되었다. 지금 생각해도 그때 감정이 생각날 정도로 또렷하다. 벌써 10여년이 지난 이야기인데도 불구하고 말이다. 그때 생긴 꿈은 나도 어려운 이웃에게 장학금 기부를 하고 싶다는 꿈을 갖게 되었다. 현실에 부딪혀 사실 아직 많은 기부는 하지 못하고 있었지만 이 책을 통해 인세의 전액을 장학금으로 기부하려 한다. 나의 아이를 위해 만든 책이 다른 사람의 희망과 꿈이 되는 첫 시작이 될 수 있다면 그 얼마나 행복하고 감사한 일일지,생각만 해도 가슴이 뛴다. 내가 도움을 받지 않았다면 결코 생각하지 않았을 결심이다.

우리 집 근처에는 성사천이라는 개울이 있다. 그곳을 지나서 올라가야만 지하철을 타러 갈 수가 있다. 계단을 걸어서 내려갔다가 다시 올라가는 것이 여간 힘들지 않았는데 시에서 천과 천 사이를 이어주는 다리를 만드는 공사를 했고 몇 달전 드디어 완공이 되어 사용할 수 있었다. 천과 천 사이를 이어주는 징검다리는 출퇴근 시간을 단축시켰을 뿐만 아니라 겨울철 빙판길에 위험한 사고로부터도 예방되었다. 튼튼하게 만들어진 징검다리를 보면서 나도 앞으로 이런 징검다리 같은 사람이 되어야겠다는 생각을 했다. 평소에 부모님이 축복의 통로가 되라는 말씀을 하셨는데 이제 그 의미가 무엇인지 어렴풋이 알 것 같다. 신앙을 통해 내 자신이 바로서고 많은 사람들에게 기쁨과 행복의 통로, 즉 다른 사람을 높이는 축복의 삶을 살고 싶다. 부모로서 자녀들에게 말과 행동이 일치하는 삶을 살도록 삶으로써 많은 사람들에게 선한영향력을 줄 수 있는 그런 사람이 될 수 있도록 말이다.

가끔은
어깨가 무거운
날도 있겠지

부모님의 사역지가 바뀌면서 경기도에서 살았던 나는 고등학교 때 그리 멀지 않은 서울로 전학을 오게 되었다. 경기도와 서울의 거리는 불과 1시간 남짓 밖에 되지 않지만 내가 느낀 체감온도는 10시간이 넘는 듯했다. 전과 다른 교과서, 선생님들, 친구들, 학급 분위기, 게다가 아이러니하게도 강남 8학군이라는 곳에 전학을 왔으니 친구들의 가정환경까지도 많이 달랐다. 모든 것이 달라진 환경에 참 많이도 방황했던 것 같다. 그때 나를 잡아준 것은 기독교 동아리 친구들이었다. 내가 피아노 반주를 할 수 있다는 걸 듣고 동아리를 만들어 보자고 했고 그 당시 담임선생님이 신앙생활을 하시는 분이어서 함께 매주마다 모여 간단하게 예배를 드렸었던 것 같다. 그 당시 그런 시간마저 없었다면 나는 정말 어느 곳에도 마음을 붙이지 못하고 힘들어

했을 것 같다. 그런 친구들에게 고마움은 아직까지도 깊은 마음속에 자리 잡고 있다.

또 한 예로, 고등학교 1학년 담임선생님은 대구 분이셨다. 학교를 경기도로 배정을 받아 잠시 오셨고, 얼마 안 있다가 다시 대구로 내려가셨다. 고등학교 1학년 때 서기도 맡고 있기에 교무실에 자주 왕래하면서 선생님과 자연스럽게 친하게 되었고, 전학 가기 바로 전 담임선생님이셨기에 더 애틋함이 남아 있었다. 어려울 때 많이 위로해주시고 격려해주신 분이라 잊지 않고 계속 연락을 하고 있었다. 결혼할 때쯤 선생님께 결혼한다고 문자를 보내고, 대구에 계시니 마음속으로 축하만 해주시라고 전했다. 그런데 선생님은 대구에서 서울까지 결혼식장에 와주셔서 축하를 해주시고 돌아가셨다. 또 이미 유치원을 졸업을 하고 중학생을 바라보는 아이의 학부모님들께서도 생각지도 않게 많이 찾아와 주셨다. 그날 너무 놀라고 감동을 받아서 얼마나 울었는지 모른다. 마치 내가 무슨 사연 있는 듯한 사람인 것처럼 어찌나 많이 울었던지 사진들이 모두 코가 빨갛다. 참 힘들었을 때 마음으로 깊이 위로를 받았던 분들이 결혼식장에 많이 와주셔서 얼마나 감동했던지……. 그 사랑을 언제쯤 다 갚을 수 있을지…….

세월이 흘러 돌이켜보면 힘들었을 때 내 곁에 있어주었던 사람은 선명하게 마음깊이 새겨지는 것 같다. 나는 과연 다른 사람에게 얼마나 그런 존재였을까? 문득 궁금해진다. 오프라 윈프리의 명언이 있다.

"여러분과 리무진을 타고 싶어 하는 사람은 많겠지만, 정작 여러분이 원하는 사람은 리무진이 고장 났을 때 같이 버스를 타줄 사람입니다."

굉장히 공감되는 말이다. 정말 어려운 마음을 함께 나눌 수 있는 그런 사람, 그런 관계야말로 삶을 더 풍족하고 행복하게 만드는 것 같다.

블로그를 시작하였다. 예전부터 운영하고는 있지만 꾸준하게 운영하고 있지 않았기 때문에 거의 초보나 다름 없었다. 그럼에도 불구하고 하나하나 차근차근 글을 쓰며 올리게 되었다. 공통의 관심사와 소재거리가 있다 보니 자연스럽게 많은 사람들과 소통할 수 있게 되었고 그럼으로 인해 오프라인 만남까지도 갖게 되었다. 그 중에 정말 많은 힘이 되어주신 분들이 너무 많았다. 나를 위해 기도해 주겠다는 사람도 생겼고, 진정으로 마음을 나눌 수 있는 이웃을 만나기도 하였다.

다른 사람들은 어떻게 생각할지 모르겠지만 그 당시 블로그 이웃 분들은 나에게 정말 천사 같은 존재였다. 다행히 온라인 상에서는 우울감이 많이 보이지 않았을지 모르겠지만, 나는 그 당시 그 어느 누구와도 소통하고 싶지 않다 라는 마음까지도 가졌기 때문이다. 3년 만에 생긴 아이여서 그랬는지 아니면 교사생활을 하면서 느꼈을 괴리감이었는지 모르겠지만 그 당시에는 참 이해가 안 될 정도로 힘들어 했다. 블로그를 안하고, 아직도 혼자만의 단절된 삶을 살고자 했더라면 나는 지금 어떤 모습이었을까? 상상하기도 끔찍하다. 물론 블로그가 모든 것의 정답은 아니다. 그러나 적어도 나에겐 블로그를 하면서 글을 쓰고 감정을 전달하고 소통하는 이 모든 행위가 나를 성숙하게 했던 것 같다.

다행히 내 가족 중에는 돌아가신 분들이 많지 않아 외할아버지가 돌아가셨을 때 빼고는 장례를 많이 치러보지 않았다. 그러나 어렸을 때부터 얼굴을 뵈었던 외할아버지의 죽음은 비록 병상에 있으셨을지라도 충격이었다. 가족이 죽는다는 건 이런 의미라는 것을 깨닫게 되어 가족의 소중함을 많이 느꼈던 사건이었다. 얼마 전 외할머니께서 말씀해주시기를 외할아버지는 목수셨는데, 동네에서 고칠 일이 있다 싶으면 어려운 가정에겐 돈을 받지 않고도 땀을 뻘뻘 흘리면서 고쳐주시곤 했다고 한다. 동네에서 사람 좋기로 유명해서 이쪽저쪽에서 키다리 아저씨처럼 도왔다고 한다. 생활을 하셔야 했던 외할머니는 퍼주기만 하는 외할아버지가 못마땅한 적이 한두 번이 아니라 소리도 몇 번 쳤다고 한다. 그런데 그때의 고마움을 할아버지가 돌아가시고도 끝나지 않는 미담으로 많은 사람들에게 고마웠다고 이야기를 듣고 있다고 하셨다. 외할아버지의 장례를 3일 내내 아침부터 저녁까지 있으면서 정말 많은 사람들이 오고가고 했던 외할아버지의 장례를 보면서 살아생전의 외할아버지는 '어려운 사람들에게 어깨를 내어줄 수 있었던 한 없이 넓은 마음을 가지셨던 분이셨구나' 라고 생각했던 것은 비단 나뿐만이 아니었을 것 같다. 손녀, 손자들에게 아니 본인의 자녀들에게 소리 한 번을 치시지 못했던 그저 인자하시기만 했던 외할아버지. 외할아버지의 부재에 엄마가 그 후 많이 힘들어 하신 것이 이제야 왜 나는 이해가 되었을까. 그때 나는 엄마를 위로해주긴 했을까.

기쁘고 행복하고 소위 말하는 잘 나갈 때에는 많은 사람들이 옆에 있을 수 있다. 아니 있을 수밖에 없을 것이다. 그러나 내가 정말 힘들었을 때, 가장 내 곁에 있어주었던 사람을 생각해보면 설사 오랜 세월로 인해 연락이 끊어졌다 하더라도 마음 깊은 곳에서 그 사람에게 고마운 마음이 든다. 꼭 고마운 마음을 갖고 생각나야 한다는 것은 아니다. 얼마만큼 내가 그렇게 도움을 줄 수 있는 마음을, 내 어깨를 내어줄 수 있는 사람이 되었는지를 자주 생각해 볼 필요가 있는 것 같다. 몇 십 년이 더 된 나의 이야기 중 내가 힘들 때 기대고 싶은 어깨가 필요할 때 내 곁에 있어 주었던 내 마음 깊이 함께 해주었던 사람들이 이름 한자 틀리지 않고 생각나는 것을 보면 말이다.

사실 내가 많이 힘들 때 정작 부모님에게는 많이 의지하고 기대지 못했던 것 같다. 내가 힘들다고 하면 더 힘들어하실 것 같은 부모님을 생각하니, 나의 힘듦을 내세우고 싶지 않았기에 속으로 많이 삭혔던 것 같다. 당시에는 그렇게 하는 것이 잘하는 것이라고 생각했을 수도 있는 일들이, 서운함으로도 생각나는 것을 보면 좋은 방법은 아닌 것 같다. 어려울 때 도움이 필요할 때 그리고 잠시 쉬어가고 싶을 때 기댈 수 있는 부모가 되고 싶다. 그리고는 이렇게 말해주고 싶다. "엄마가 말이야. 인생을 살아보니까 때론 잠시 쉬어가는 것도 좋은 길이 될 수 있어."라고 말이다.

한 가지의 방법으로만 생각하지 말고 여러 가지의 가능성과 희망을 갖고 다시 한 번 생각하고 도약할 수 있는 그런 발판이 되어주었으면 좋겠다. 또한 내 아이 역시도 그런 사람이 됐으면 하는 바람이다.

행복을 찾는 여행

삶은 곧 행복을 찾는 여행이라고 생각한다. 맛있게 밥을 먹는 것, 열심히 공부를 하는 것, 성인이 되어 일을 하는 것 등 모두가 삶의 과정이지만 그 중에서 어느 하나 불행하기 위해 행하는 일은 없다. 우리는 모두 행복하기 위해 살아간다.

내 아이에 대한 무수한 소망들이 마음속에 자리 잡고 있다. 공부도 잘했으면 좋겠고, 운동도 즐겼으면 좋겠다. 지혜롭고 사랑 많은 아이가 되었으면 좋겠다. 엄마와 친구처럼 지낼 수 있으면 좋겠고, 나도 아이에게 멘토같은 부모가 되고 싶다. 이밖에도 더 많은 바람들이 가슴을 가득 채우고 있다. 그러나 정작 아이가 행복하지 않는다고 느낀다면 이 모든 것들이 무슨 소용이 있을까. 진정으로 자신이 좋아하는 것이 있고, 좋아하는 음식이 있고, 좋아하는 사람들이 있는 삶이 아니라면 결코 행복을 느낄 수 없을 거라 믿는다.

　유아교사 시절 내가 일하던 유치원은 일반 유치원에서 가르치는 교육내용에 더하여 영어와 중국어를 기본으로 가르치는 조금은 특이한 곳이었다. 일본 MEYSEN에서 40년 이상 검증된 교육 커리큘럼을 한국에 처음 도입한 유치원이었다. 이전에 없었던 새로운 놀이형 교육방식과 크리스천으로 이루어진 원어민 교사진으로 구성된 이 유치원은 생긴지 1년이 채 되기도 전에 많은 학부모님들의 관심을 받으며 급성장했다. 지금은 전국 100여 군데 유아 교육기관에 프로그램과 교재를 판매할 정도로 꽤 규모가 커졌다. 강남의 유명한 영어유치원 보다는 저렴했지만 그래도 웬만한 일반 유치원에 비하면 등록금도 비쌀 수밖에 없었다.

　학부모들의 학구열도 어느 유치원보다 높았다. 유치원에서 언어학습에만 치중하게 되면 뇌 발달이 한쪽으로만 기울어질 수 있다고 해서 바이올린, 피아노, 태권도, 학습지, 과학, 수학, 미술, 만들기 등의 사교육까지 함께 병행하는 부모들이 많았다. 그런데 소수의 학부모님은 나름의 가치관이나 육아에 대한 철학을 가지기보다 다른 아이가 하니까 우리아이도 해야 한다는 식의 욕심을 가진 듯 했다. 또 사교육을 많이 하지 않으면 그만큼 아이를 돌봐야 할 시간이 많아진다는 핑계를 공공연하게 말하는 부모도 많아 안타까운 마음이 든 적도 있었다.

　사교육에 대한 학부모들의 욕심은 하늘을 찌르고 아이들은 말 못할 스트레스를 잔뜩 쌓아갔다. 사교육이 무조건 나쁘다는 뜻은 아니다. 어느 정도의 바람직한 사교육은 아이들의 사회생활에 도움이 되고 다양한 경험을 쌓을 수도 있다는 점에서 긍정적으로 보여진다. 그러나 무슨 일이든 도를 지나치면 반드시 해로운 점이 생기기 마련이다. 학부모들 중에는 간혹 아이를 위해 온 정성을 다하는 것이 당연한 것 아니냐며 목소리를 높이는 이도 있었다. 아침부터 오후 늦게까지 아이들과 많은 대화를 하며 현재의 마음 상태에 대해 누구보다 잘 알고 있었던 나는 부모가 생각하는 마음과 아이들 간에 발생하고 있는 거리감에 대해 상당히 불안하기도 했었다. 무엇이든 배우려고 하는 아이들도 있었기 때문에 모두가 힘들어 했다고 단정 지을 수는 없지만, 그래도 자유롭게 놀고 싶어 하는 아이들을 보면서 안타까운 마음이 가득했던 것은 사실이다.

내가 부모님과 함께 했던 시간을 돌이켜 보면 아쉽고 짧았다는 마음이 크다. 앞으로 내 아이와 보낼 시간들이 조금이라도 더 길었으면 좋겠다는 생각을 해 본다.

결혼 후 출가한 자녀들에게 반찬 하나라도 더 챙겨주려고 하시고, 작은 선물이라도 보내주고 싶어 하시는 부모님의 마음을 들여다볼 수 있다면 어린 아이의 시절이 얼마나 짧고 애틋한 시간인지 느낄 수 있을 것 같다.

철없던 학창시절에는 하루라도 빨리 독립하고 싶었다. 통금시간 없이 친구들도 자유롭게 만나고, 매일 아침 늦잠도 자고 싶었다. 결혼한 지금 통금시간도 없어졌고 매일아침 늦잠도 잘 수 있고 사랑하는 남편도 있지만, 부모님과 함께 살았던 때가 가끔 그립다. 결혼해도 냉장고를 열면 늘 과일이 한 가득씩 예쁘게 잘라져 있고 미숫가루는 늘 물병에 가득 차 있으며 각종 반찬들이 냉장고에 꽉꽉 채워지는 줄 알았다. 냉장고 문만 열면 말이다. 예전처럼 그렇게 음식들이 냉장고에 가득 채워지려면 얼마나 부지런해야 하고, 얼마나 많은 수고가 있어야 하는지 결혼 후에야 비로소 알게 되었다. 철부지 시절로 다시 돌아간다면 예쁜 과일들을 직접 사 와서 엄마 몰래 냉장고에 가득 채워놓고 싶다.

더 이상 후회 없는 시간을 보내려면 어떻게 해야 할까. 먼 훗날 지금을 돌이켜보며 행복했던 기억만을 떠올리기 위해서는 어떻게 해야 할까. 매일 감사하는 삶이다. 일상에서 만나는 사소하고 당연한 일들에 감사하는 자세가 필요하다. 하는 일마다 잘 풀리지 않는 날도 있다. 그런 날조차 감사할 수 있어야 한다. 사실 감사하는 마음을 갖는다는 것이 참 어색하기도 하고, 전혀 감사할 일이 아님에도 불구하고 감사한다는 것이 못마땅하게 여겨질 때도 있다. 그러나 진심으로 감사한 마음을 가져보면, 생각지도 않았던 좋은 일들이 생긴다는 사실에 놀랄 것이다.

건강한 육체가 있고, 느낄 수 있는 마음이 있고, 따뜻하게 몸을 뉘일 수 있는 공간이 있다는 사실에 감사해야 한다. 이미 가지고 있는 것들에 대해 당연하다는 생각을 버리고 온 마음을 다해 감사하다고 생각하면 점점 주변의 모든 것들이 실제로 감사한 선물로 느껴진다.

나는 매일 그 날의 감사한 마음을 세 개씩 쓰고 있다. 처음에는 의욕이 앞서 대여섯 개씩 쓰기도 했지만 매일 꾸준히 하려면 세 개 정도가 가장 적당한 듯하다. 기분이 찜찜했던 날도 감사 일기를 쓰다보면 치유가 되는 듯하다. 이젠 습관이 되어 하루가 다하기도 전에 감사한 마음의 제목을 미리 머릿속에 그려보기도 한다.

부산에서 나를 보겠다고 KTX를 타고 서울까지 온 블로그이웃 언니가 있었다. 늦은 시간까지 행복한 만남을 갖고 집으로 돌아왔다. 서로 잘 도착했는지 안부문자를 주고받았다. 도착하자마자 언니는 아이와 감사 일기를 쓰고 있다고 했다. 아이는 불과 여섯 살밖에 되지 않았는데 벌써부터 감사 일기를 쓰냐고 물었더니, 하루에 한 개씩 삐뚤삐뚤한 글씨고 감사한 일을 함께 말하고 적는다고 한다. 그 날은 아빠가 영화를 보여주서서 감사하다는 일기를 썼단다. 여섯 살 때부터 매일 한 가지 감사한 마음을 갖고 글로 쓰며 자란 아이가 앞으로 얼마나 멋진 사람이 될 지 선명하게 보이는 듯했다. 참 그 여섯 살 난 아이가 대견하고 부러웠다.

감사도 습관이다. 불평과 불만을 입에 달고 사는 사람들을 보면 매사에 트집이다. 특별히 불평할 일이 생긴 것이 아니라 그저 말하는 습관이 불평인 것이다. 그런 사람들의 모습에서 행복은 결코 찾아볼 수 없다. 어떻게 하면 다른 사람들의 험담을 할까, 어떻게 하면 자신의 힘듦을 많은 사람들에게 알려 자신의 감정을 조금이라도 표출할까 고민하는 사람 같다. 지인의 아이처럼 어릴 때부터 감사하는 습관을 갖도록 부모로서 도와주고 싶다. 부모와 아이가 함께 감사 일기를 쓰면서 서로의 마음을 공감하고 나누게 되는 통로로 삼고 싶다. 우리 부부는 서로의 생일에 항상 "아내에게 감사한 것", "남편에게 감사한 것"이라는 편지를 주고받는다. 마지막엔 늘 태어나주어 감사하다는 글을 보면 정말 내 생일이 더 감사하게 느껴진다. 서로에게 감사를 표하며, 서로에게 감사하는 삶을 통해 내 아이에게 행복한 삶을 느끼게 해주고 싶다.

따뜻한
사람들이
참 많아

우연히 아빠의 방에 들어갔는데, 책상 위에 해외아동 결연 편지가 있었
다. 당시 아빠는 하루하루가 힘드셨는데 그 와중에도 해외 어려운 아이들을
위해 기부를 하고 계셨던 것이다. 한창 갖고 싶은 것 많은 사춘기 때 아빠의
책상위에 놓였던 편지는 나에게 충격이었다. 이렇게 어려운 환경 속에서도
우리보다 더 어려운 누군가를 위해 도움을 줄 수 있는 것이구나. 그럴 수도
있는 거구나. 한참을 멍하게 서 있었다. 어려운 상황 속에서도 아빠는 우리
보다 더 어려운 누군가를 위해 기도하고 마음을 쓰고 있었다는 사실이 그동
안 내가 갖고 있었던 가치관을 바꾼 것이었다. 그 이후 사회생활을 하며 돈
을 벌게 되었을 때 제일 먼저 하게 된 것이 기부였다. 가장 관심 있는 아이들

에게 먼저 시작했다. 지금은 남편과 함께 한 곳에 집중하느라 많이는 못하고 있지만, 내 첫 월급의 많은 부분을 기부했다는 사실은 아직도 마음 흐뭇한 일이다.

사실 작은 일을 실천했을 뿐이다. 나보다 더 위대한 사람들이 참 많다. 기부를 많이 한 사람, 봉사활동을 많이 한 사람 등 세상에는 훌륭한 사람이 참 많다. 그러나 내가 생각하는 진정 위대한 사람은 보이지 않는 곳에서 쉽지 않은 일을 묵묵히 해나가는 사람들이다. 환경미화원, 춥거나 더울 때에 한 평도 채 되지 않는 작은 공간에서 생활하시는 경비아저씨 등 참 쉽지 않은 일들을 묵묵히 하고 계시는 분들을 보면 늘 존경하는 마음이 든다. 특히나 음식쓰레기 수거작업은, 더운 여름 악취로, 추운 겨울엔 음식물에서 흘러나오는 지저분한 오물로 굉장히 힘들게 작업을 하신다고 한다. 우리는 편하게 버리기만 하는 음식물 찌꺼기를 누군가는 힘들게 수거를 해주고 계시는 것이다.

아파트 경비라는 직업은 또 어떨까. 한 평도 채 되지 않는 작은 공간에서 생활하며 온갖 허드렛일을 도맡아 한다. 뉴스에서 경비원 구타 및 불화로 인한 사건사고가 심심치 않게 나올 때마다 얼마나 속상한지 모르겠다. 어느 고급 아파트에서는 경비원들이 인사를 하지 않는다고 아침 출근 시간마다 나와서 인사를 하라는 민원을 넣었다고 하고, 실제로 그 민원은 처리가 되어 경비원들이 아침마다 인사를 하는 곳도 있다고 한다. 학생들이나 어린 아이들이 지나가도 경비원들은 그 자리에 서서 아침마다 인사를 하는 것이다. 그 모습을 본 어린 학생들에게 어떤 느낌이 드는지 기자가 물어보았다. 본인보다 한참 어른인 분이 나와서 깍듯하게 인사하는 모습이 사실 좀 많이 불편하고 경비원들이 불쌍하다는 생각까지도 든다고 했다. 어른들이 행한 일들이 오히려 역효과가 되는 것이다.

그런데 비단 뉴스에서 언급된 아파트만 그런 것이 아니다. 내가 살고 있는 아파트는 오래된 아파트다. 평수도 신혼부부가 살면 딱 좋을 정도의 평수이고, 그리 부유층이 많이 사는 곳도 아니다. 그런데 얼마 전 경비원이 인사를 하지 않고 무뚝뚝한 것 같다고 민원이 접수되었고, 관리실에서는 경비원을 해고조치 했다고 한다. 뿐만 아니다 경비원의 수가 많은 것 같다며 그 수를 줄이고 관리비를 줄이겠다는 설문조사를 한 적도 있다. 물론 대부분의 사람들이 반대를 하여, 경비원의 구조 조정은 이루어지지 않았지만, 그 설문조사로 인해 여간 씁쓸한 게 아니었다.

어떻게 하면 힘을 좀 드릴 수 있을까 싶어 얼굴을 뵐 때마다 씩씩하게 인사드리고, 맛있는 간식도 종종 드리곤 했다. 얼마 전 새해에는 작은 양말 한 켤레와 정성 가득한 편지를 드리며 감사인사를 전했다. 젊은 새댁이 마음씀씀이도 좋다며 우리부부만 보면 늘 밝게 웃어주시는 경비아저씨들 덕에 집에 가는 길이 늘 기분이 좋다. 내가 대단한 일을 한 것 아니고 그저 눈을 마주치고 큰소리로 인사를 드리고, 좋은 것을 함께 나눴을 뿐인데 분에 넘칠 칭찬도 자주 받는다. 모두가 이렇게 서로의 눈을 바라보며 함께 마음을 나눌 수 있는 일이 많아졌으면 좋겠다.

추운 겨울 집에서 혼자 배달음식을 시켜먹은 적이 있다. 평소에는 잘 시켜먹지 않지만, 그 날 따라 컨디션이 별로라 음식 차릴 힘이 없었다. 달랑 한 그릇이었는데도 불구하고 추운겨울 바람을 가르고 와주신 배달원에게 건강음료와 작은 손편지를 드렸다. 너무 놀란 나머지 눈이 동그래지면서 거듭 감사하다는 말을 하시고 돌아가는 뒷모습을 보니 오히려 내 마음이 너무나 따뜻해졌다. 그 따뜻한 마음을 계속 느끼고 싶어 우리 집에 오시는 모든 분들에게 편지와 건강음료를 드려야겠다고 생각을 하고, 미리 편지를 쓰기 시작했다. 택배 배달원의 경우에는 시간이 돈이기 때문이다. 예쁘게 손편지와 건강음료를 함께 붙여 20여 개를 문 앞 선반에 두었다. 누가 오든 편하게 드릴 수 있었기에 얼마나 간편했는지 모른다. 덕분에 한번이라도 환하게 웃고 가는 택배배달원들을 보니 나도 웃음이 났고 훈훈한 하루가 될 수 있었다. 따뜻한 마음은 받는 사람뿐만 아니라 주는 사람이 더 크게 받는다.

작은 관심과 마음만 있다면 누구나 할 수 있는 최소한의 행동들이 이 세상을 따뜻하고 풍요롭게 만들 수 있고, 나아가 내 마음까지 따뜻하게 할 수 있다. 빨리 변해가고 각박하기만 하는 현대사회에서 마음을 나누는 일이야말로 가장 보람된 일이 아닐까 싶다.

3년 전, 지금 살고 있는 아파트로 이사를 왔다. 복도형 아파트이기 때문에 이쪽저쪽 이웃이 많다. 그럼에도 불구하고 누가 사는지 알 수가 없었다. 그래서 이사를 오자마자 떡을 돌리며 인사를 했다. 옆집에 떡을 돌리며 이사 때문에 너무 소란 했지요 하며 인사를 드렸더니, 이렇게 인사해 주셔서 감사하다며 떡 잘 먹겠다는 인사를 거듭 해주셨다. 그 일을 계기로 옆집 언니와 반찬도 서로 나누어 먹을 정도로 굉장히 친한 사이가 되었고, 심지어 어려웠던 마음을 나누는 사이까지도 되었다. 지금은 비록 앞 동으로 이사를 갔지만 아직까지도 연락을 하며 잘 지내고 있다. 어느 날은 이사 간 언니가 문득 그리워 상큼한 딸기 쥬스를 만들어 문에 걸어두고 오는 이벤트를 하여 혼자서 좋아하기도 했다. 연고 하나 없는 이 동네로 이사와 내 스스로 이웃을 하나하나 만들어 가고 있는 것이다. 물론 내가 먼저 인사를 건네긴 했지만 스스럼없이 대해주는 언니를 보면서 요즘 같은 세상에도 이웃사촌이 생길 수 있구나 라는 마음에 참 따뜻했다.

내 아이는 삶에서 작은 관심을 보여주는 일, 따뜻한 마음을 전하는 일을 그 무엇보다 중요한 가치로 삼았으면 좋겠다. 보이지 않는 곳에서 어려운 일들을 묵묵히 일해주시는 분들을 보면서 음료수 한 잔을 건넬 수 있는 그런 마음을 가진 사람이 되었으면 좋겠다. 마트에서 물건을 배달해주는 분을 보면서 당연하다 생각지 말고 나를 위해 대신 무거운 것을 집 앞까지 가져다준 고마운 분이라는 생각을 먼저 했으면 좋겠다. 감사하다는 진심어린 말을 건넬 수 있는 그런 넉넉한 마음을 가진 사람이 되었으면 좋겠다.

얼마 전 우리 집에서 멀리 떨어진 집에서 이웃분이 마트에서 물건을 배달을 시키셨는지 배달원이 현관을 두드렸더니 바로 쏘아부치듯 "아 그냥 그 앞에 두세요!" 라는게 아닌가. 엘레베이터를 기다리면서 똑똑히 들을 수 있었는데 물건을 문 앞에 두고 뚜벅뚜벅 걸어오는 아저씨와 마주쳤던 내가 안절부절 말도 못했다. 누군가의 아들이고 누군가의 아버지일텐데, 참 마음이 아팠다. 나랑 아무 상관없다고 생각하지 말고 정말 내가 잘 아는 그 누구라고 생각해보면 어떨까.

내 아이의 삶은 어쩌면 지금보다 더 이기적이고 개인적인 삶일 지도 모르겠다. 아무리 차가운 세상일 지라도 모든 것에 감사하는 마음으로, 약한 자에게는 한없이 따뜻한, 마음 넉넉한 사람으로 자라나길 소망한다.

태어나는
순간부터
소중한
네 인생

아이에게 쓰는 편지

네가 태어나는 순간은 어떤 순간일까?

엄마, 아빠는 참 궁금해. 어떤 모습일지, 어떤 감정을 느낄지, 어떻게 인사를 해야 할 지......

그 감격스러운 순간을 어떻게 보내야할지 벌써부터 너무 떨리곤 해.

물론 너를 낳기까지 엄마는 말도 못할 고통을 느끼겠지만 그 고통에 비교할 수도 없을 만큼 큰 기쁨과 행복을 선물 받을 거라 믿어 의심치 않아.

그만큼 너는 태어난 순간부터 엄마에게 큰 행복과 기쁨을 선물해줄 아주 특별한 아이란다.

가끔은 살아가면서 나는 어떤 사람인지, 어떤 삶을 살아야 할 지 많은 생각을 하게 될 수도 있어. 물론 엄마 역시 지금까지 살면서 나는 이 세상에 왜 존재하는지, 어떻게 살아가야 하는지, 때론 왜 살아가야 하는지 의문이 찾아올 때도 있었어. 그럴 때마다 내가 태어난 이유를 찾고자 했었지.

엄마도 많은 사람들의 축복과 환영을 받으며 태어났어. 엄마가 태어날 때 특히 할머니께서 너무 좋아하셔서 간호사 분들이 다들 놀랐다고 했을 정도였으니까. 그런데 살다보면 내가 정말 이 세상에 왜 존재하게 되었는지, 어떻게 살아야 하는지 의문이 들 때가 있어. 우리 모두 처음 경험하는 삶이기에 그런 생각이 드는 것은 당연한 것일지도 모르지. 그럴 때마다 엄마는 나의 존재에 대한 가치도 생각해 보게 되었어.

우리는 모두 존재 자체만으로 사랑받기 위해 태어난 특별한 존재야. 하나님이 태초부터 계획하신 우리의 모습으로 말이야. 너의 모습도 이미 하나님께서 계획하신 특별한 모습이기에 그 어떤 모습이여도 사랑스럽고 특별하다고 느낄 수 밖에 없단다. 외모뿐만 아니라 우리는 각자의 역할이 있어서 태어났다고 생각해. 하나님이 우리를 만든 이유가 있으며, 우리의 삶은 매우 중요한 의미를 가지고 있어. 짧게 요약된 러셀 켈퍼의 시를 이제 막 세상의 빛을 보게 된 너에게 들려줄게.

당신이 당신이 된 것은 이유가 있지요.
당신은 하나님의 신묘막측한 계획의 한 부분이에요.
당신은 소중하고 완벽하고 독특하게 만들어졌으며

하나님은 당신을 그분의 특별한 여자와 남자로 부르고 있죠.
존재의 이유를 추구하는 당신.
그러나 실수하지 않으시는 하나님

어머니의 자궁 안에서부터 손수 당신을 지으신 그 분
그러기에 당신은 그분이 원하는 바로 그 사람이지요.

당신의 부모님도 그 분이 선택했어요.
지금 당신이 어떻게 느끼든
하나님의 빈틈없는 계획대로 그들을 선택하사
그들의 손에 주님의 확인 도장을 찍어주신 것이죠.

물론 당신이 당장 고통 견디기 쉽지 않았겠지만
하나님 역시 당신이 마음 상했을 때 눈물 흘리셨어요.
하지만 그것을 통해 당신의 마음이
하나님의 형상을 따라 닮아가고 성장하길 원하셨죠.

당신이 당신이 된 것은 이유가 있지요.
주님의 지팡이로 지어진 당신.
당신이 사랑받는 당신이 된 이유는
하나님이 계시기 때문이죠!

엄마는 이 시를 몇 번이나 읽으면서 우리 아가가 엄마에게 오기 전까지 얼마나 많은 계획 속에 있었는지, 너의 탄생이 얼마나 큰 축복인지 다시금 느끼게 되며 더욱 더 기대하고 감사하는 마음으로 기도하게 되었어.

동시에 너의 탄생이 단순히 우리 가족들만을 위한 행복과 축복으로 끝나지 않았으면 하는 기도도 드리게 되었단다. 너로 인해 기쁨을 느낄 사람이 꼭 우리가족 뿐만이 아닌 수많은 사람들과, 특히 우리보다 약자인 사람들을 위해 기쁨이 될 수 있는 그런 사람이 되기를 바라는 소망하는 마음이 들었어.

　이 세상에 네가 존재함으로써 많은 사람들에게 기쁨과 행복을, 때로는 위로와 사랑을 전할 수 있는 그런 삶을 살기를 말이야. 이 세상에는 여러 가지 이유로 하나뿐인 삶을 소중하게 생각하지 않는 사람들도 많이 있는 것 같아. 그런 사람들을 비판하는 것이 아니라 그런 사람들까지도 보듬을 수 있는 그런 삶이 되길 바래.

　우리가 이 세상에 온 것은 여러 가지의 특별한 역할이 있기 때문이라고 생각해. 엄마는 상대방이 자신을 세상에서 가장 중요한 사람처럼 느끼도록 진심으로 노력하는 가치를 삶의 목표로 가진 적이 있어. 물론 지금도 변함은 없지. 그 목표가 정말 빛을 발했을 때는 유아교사 시절이었어.

　많은 아이들이 부모님들의 사랑을 받고 지내지만, 바쁜 삶 때문일 수도 있겠고 여러 가지 개인적인 이유로 인해 부모님의 사랑을 충분히 받지 못하는 아이들도 많이 있었단다. 엄마는 유독 그런 아이들에게 마음이 더 갔어. 어떻게 하면 그 아이들이 정말 소중한 존재로 느끼도록 도와줄 수 있을까. 어떻게 하면 그 아이들의 마음에 기쁨과 행복이 가득하도록 도와줄 수 있을까. 매일 고민과 생각을 거듭했었지.

　여러 가지 생각과 방법들을 시도했지만 제일 큰 효과를 볼 수 있었던 것은 "함께 있어주기"였던 것 같아. 어떤 상황에서도 함께 있어준다는 큰 믿음과 곁에서 상대방의 말을 경청해주고 공감해주었던 시간들이 쌓이고 쌓여 사랑이 많이 부족했던 아이들에게 조금씩 마음을 열어줄 수 있었던 것 같아. 엄마는 이런 경험들로 인해서 상대방을 특별하게 느끼게 해주는 것은 정말 이 세상에서 가장 귀하고 존귀한 일이구나 라는 것을 깨달았어.

아직 엄마도 많이 부족하지만 많은 사람에게 이 사실을 느끼게 해 줄 수 있는 그런 사람이 되는 것이 꿈이란다. 너 역시 엄마와 같은 꿈을 갖고 살기를 바래. 우리에게 주어진 이 짧고도 소중한 시간을 같은 꿈을 갖고 살아간다는 자체만으로도 엄마는 너무 행복할 것 같아.

엄마는 너의 탄생으로 인해 다시 태어난 기분을 느낄 것 같아. 엄마에게 그런 감동과 감정을 선물해 주어서 다시한번 고마워!

어렵고
힘든 이들을
위하여

아이에게 쓰는 편지

중, 고등학교 시절에 가정형편이 어려웠던 엄마는 '왜 우리 집은 이렇게 밖에 살 수 없을까, 왜 나는 더 부유하게 살지 못할까' 라는 생각을 참 많이 했던 것 같아. 다른 친구들은 공부에 한참 신경 쓸 때 엄마는 계속 집 걱정을 하고 있었으니까 말이야. 그러면서 당연히 공부를 소홀히 하게 되었고 어떻게 하면 빨리 일을 해서 돈을 벌까 하는 생각으로 가득했단다.

그런데 지금 생각해 보니 어쩌면 그렇게도 어리석고 잘못된 생각을 했었는지 후회가 많이 돼. 물론 그 당시에 아직은 어린나이에 감당하기 힘든 부분이 많았을 거라 생각해. 그러나 그 때 나에게 주어진 역할과 할 일에 최선을 다했다면 닥치지도 않은 문제로 걱정 같은 것은 미리 하지 않았을 텐데 말이야.

우리가 현재 걱정하고 있는 것들의 대부분은 일어나지도 않을 일들에 대해 미리 걱정하는 거라고 해. 그렇게 걱정하지 않아도 될 것들을 걱정하고 있었으니 주변을 돌아볼 여유가 없었던 건 당연했지.

물론 엄마도 힘든 시절을 보내고 있었지만 사실은 나보다 더 어려운 친구들도 많이 있었는데도 말이야. 엄마가 고3 때 아버지가 돌아가신 친구가 있었어. 물론 아버님이 많이 아프셔서 돌아가신거라 그나마 마음의 준비를 할 수 있는 시간이 있어서 그랬을 수도 있겠지만 그 친구의 표정과 목소리는 부끄럽게도 어쩌면 나보다 더 밝았던 것 같아. 그 당시 나는 부모님이 건강하게 살아계시고 일도 하고 계셨는데도, 현재 내가 갖고 있지 못한 것에만 눈을 크게 뜨고 있었으니 당연히 감사할 수가 없었지.

그 이후로, 힘든 일이 있거나 위로받고 싶을 때 그 친구와 많이 대화를 했었던 것 같아. 지금은 그 친구는 오히려 더 바르고 건강하게 자라서 굉장히 멋진 직장인이 되어 있어서 생각만 해도 참 멋지다고 생각하고 있어. 물론 그 친구가 가정형편이 어렵거나 엄청 힘든 삶을 살진 않았더라도 부모님의 부재는 아마 굉장히 큰 아픔이었을 텐데, 늘 밝은 모습으로 살아가는 그 친구를 보면 참 많은 것을 느꼈어. 우리는 항상 가진 것에 만족하지 못하고 더 많은 것과 더 좋은 것을 추구하면서 살게 되는 것 같아. 어쩌면 인간의 자연스런 본능일 수도 있겠지.

그런데 정말 그렇게 좋고 많은 것을 갖게 되면 100% 행복한 삶이 될 수 있을까? 사실은 그렇지 않아. 엄마 생각에는 주어진 것에 자족할 수 있는 삶이야 말로 정말 행복한 삶, 행복한 사람이 될 수 있다고 생각해. 그런데 사실 엄마도 주어진 것에 자족하자, 감사하자는 말을 따르기에 쉽지 않을 때가 많이 있어.

어제만 해도 그랬던 것 같아. 집에 먹을 것이 없어서 마트에 가서 장을 봤지. 사실 별로 산 것이 없다고 생각했는데 계산을 해보니 제법 지불할 금액이 많이 나왔더라고. "물가가 왜 이리 비싼 거야." 하면서 툴툴거리려고 하는 순간 생각을 전환시켰어. 물론 풍족하게 살 수 있지 않지만 현재 내가 먹고 싶은 것을 살 수 있는 능력이 있다는 것에 감사했지.

지금 만원짜리 한 장이 없어서 끼니도 해결하지 못하고 있는 사람들도 많을텐데 엄마는 더 많이 갖고 싶다고 생각을 한 것 보면 자족하지 못했던 거지. 지금 당장 사지 못했다고 감사하지 않는 것을 보면 사람의 욕망과 욕구는 정말 끝이 없는 것 같아. 그럴 때마다 다시금 감사하는 마음을 잃지 않으려고 엄마는 하루에 감사한 것들을 세 가지씩 적고 있어. 그러다보면 가끔씩 그다지 감사한 일이라고 생각되지 않을 만큼 평범한 하루가 있을 때도 종종 있지. 그러면 그 때는 지금 내가 갖고 있는 것들에 대해 생각하게 되는 것 같아.

내가 지금 숨 쉬고 있는 이 공간, 숨을 쉴 수 있는 건강, 글을 쓸 수 있는 손, 생각할 수 있는 머리, 컴퓨터를 볼 수 있는 눈. 뿐만 아니라 너무나 많은 사람들과 함께 할 수 있다는 사실. 아이러니하게도 너무 많이 갖고 있어서 보이지 않을 수도 있는 우리의 모습들을 참 많이 발견하게 되는 것 같아.

혹시 영어에는 없고 한국말에만 있는 단어가 무엇인지 아니? 그것은 바로 '우리'라는 단어라고 해. My mother, My family라는 단어로 쓰지만 우리나라에서는 나의 엄마, 나의 가족 이라고 말하지 않지. 우리 엄마, 우리 아빠, 우리 가족이라고 말하곤 하지. 늘 그렇게 사용하면서 써 왔기 때문에 너무나 당연한 것이라고 생각했었는데, 우리나라에만 고유로 있는 단어였던 거지. 외국 사람들은 그런 우리나라의 문화를 좋아한다고 해. 그런데 정작 우리나라 대부분의 사람들은 우리라는 말의 의미를 잘 모르고 사는 것 같기도 해. 우리엄마, 아빠라고 표현되어 쓰여질 때에는 당연히 나의 엄마, 아빠를 말하는 것이긴 하지만 우리라는 단어의 의미는 분명 나만의 무엇이라고 생각하지는 않는 것이지.

지금 세상은 주변에 누가 살고 있는지도 모르는 어쩌면 혼자가 너무나 익숙한 삶 속에 살고 있는 것 같아. 그러나 우리가 살아갈 때 정말 혼자서 살 수 있을까? 우리는 절대로 혼자서 살 수 없어. 지하철을 타고 이동하려고 해도 지하철을 운행해주는 기관사가 있어야 하고, 식당에 가서 밥을 먹으려고 해도 맛있게 음식을 해주시는 요리사가 있어야 하지. 어쩌면 당연하다고 느껴질 수 있는 거겠지만 수많은 사람들의 도움이 없다면 우리는 절대로 살 수가 없어. 우리나라가 이렇게까지 빠르게 발전하고 어느 나라에도 뒤지지 않을 수많은 경쟁력을 갖게 된 것은 우리가 태어나기도 전에 계셨던 수많은 분들 덕분이야.

따라서 우리가 받은 만큼 돌려줄 줄도 아는 그런 삶을 살았으면 해. 앞으로의 후손들이 될 수도 있고, 다른 나라 사람들이 될 수도 있겠지. 지금 현재 어려운 사람들을 위해서도 얼마든지 작은 힘으로 돌려 줄 수 있다고 생각해. 한 달에 3만원이면 무엇을 할 수 있을까? 하루에 3만 원도 아니고 한 달에 3만 원이면 사실 밥 몇 번 먹거나 마트에서 장 한번 보면 끝날 돈이지. 그런데 우리나라 돈 3만 원이면 한 달 생활비는 물론 교육비까지 낼 수 있는 나라들이 있어. 너무 놀랍지 않아? 3만원이란 돈이 하루도 아니고 한 달을 넉넉하게 살 수 있는 돈이라니 말이야.

내가 갖고 있는 작은 것을 나눈 것뿐인데 어떤 이에게는 삶에 있어 큰 도움이 될 수 있다는 건 정말 기적이고 행복한 일이야. 엄마, 아빠는 앞으로 이런 일들을 너와 함께 하고 싶어. 우리가 정말 작고 작은 힘을 건네 준 것뿐인데, 그것이 쌓이고 쌓여 많은 사람들이 새 삶을 얻고 변화되어 가는 행복한 과정을 말이야.

엄마 역시도 참 많은 도움을 받고 살았던 것 같아. 거리를 깨끗하게 다닐 수 있도록 청소해 주시는 청소부, 도로와 인도를 힘들게 만들어 주신 분들, 대중교통을 이용할 수 있도록 만들어 주신 분들, 마트에서 물건을 살 수 있도록 계산을 해주신 분들……. 그런 분들 덕택에 이 세상에서 편하게 잘 살 수 있는 것 같아. 어쩌면 그 분들도 각자의 생활을 위해서 일을 하는 것이지만, 결국엔 많은 사람들의 편의를 위해서 살고 계시는 아주 훌륭하신 분들이지. 그런 분들이 없었다면 우리가 지금 이렇게 편하게 살고 있지 못할 거야. 아마 네가 살게 될 세상은 더욱 편한 세상이겠지? 모두 보이지 않는 곳에서 너를 위해 애써주시는 세상의 모든 분들 덕분이란 사실을 꼭 느꼈으면 좋겠어.

엄마는 너무 늦게 깨달았던 것 같아서 많이 아쉬움이 남거든. 여기서 엄마가 말하는 그런 분들이라는 뜻은 꼭 어려운 직업을 갖고 있는 분들만을 지칭해서 말하는 것은 아니야. 네가 오해하지 말아야 할 것은 직업에는 절대로 귀천이 없다는 사실이야. 유치원 교사도 사회적으로는 그리 유망직종 또는 기대 직종이 아니었어. 일반 사무직을 가진 사람들에 비해 교사의 월급은 참 적었지. 그럼에도 불구하고 엄마는 굉장한 자부심이 컸어. 특히 마음이 어렵고 힘든 아이들에게 행복을 선물해 주고 싶은 열망이 컸어. 그 덕분에 배운 것도 참 많았고, 그 무엇과도 바꿀 수 없는 굉장한 보람도 느끼게 되었지. 너도 너 자신보다 어려운 사람들을 돕게 되었을 때 오히려 돌려받을 행복을 느꼈으면 좋겠어. 분명 남에게 좋은 일을 하는데 생각지도 못한 기쁨이 나에게로 돌아오는 그런 행복 말이야.

아까도 이야기 했듯이 우리는 이 세상에 혼자서 살기 위해 태어난 존재가 아니야. 우리의 두 손은 어려운 사람들을 위해 꼭 잡아줄 수 있고, 우리의 두 발은 나의 도움이 필요할 때 언제든지 갈 수 있기 위해 태어난 것이란다. 꼭 기억해주었으면 해. 엄마, 아빠도 많이 부족하지만, 너와 함께 많은 사람들의 손을 잡아줄 수 있는 그런 삶을 살도록 노력할게. 너도 기대해주고, 엄마도 기대할게. 우리 함께 힘내자! 화이팅~

제4장
무엇보다 네 삶을 사랑하길

시련과
고통은
견디는 것이
아니라
지켜보는
것

수많은 책들 중에 해마다 늘어나는 분야의 책 중에 가장 인기 있는 분야의 책은 무엇일까? 아마도 자기계발서가 아닐까 싶다. 어려운 역경과 시련 속에서도 마침내 인생이 바뀐 누군가의 이야기, 그로 인해 많은 동기부여를 주는 책들. 지금 상황이 좋지 않다고 생각될 때, 자신이 가고 있는 길이 맞는지 불확실하다고 생각할 때 우리는 자기계발서를 찾게 되는 것 같다. 어쩌면 비슷한 결론과 크게 벗어나지 않은 내용들을 말이다.

그 이유는 무엇일까? 아무래도 시련과 고통에서 벗어나 행복한 지금의 삶이 되기까지의 과정들이 궁금하고, 어떻게 변화된 삶이 되었는지, 지금의 자신의 삶을 변화시키고 싶은 사람들이 많이 찾을 거라 생각한다. 나 역시

알지도 못하는 한 작가로 인해 많은 용기와 도전을 받은 적이 있다. 역경을 이기고 다시금 행복한 삶을 살고 있는 그런 사람처럼 되고 싶다는 생각에 작가의 삶을 따라해 본 적도 있을 정도로. 글쓰기를 통해 삶이 변화되었다는 《내가 글을 쓰는 이유》 이은대 작가님의 책을 읽고, 하루에 A4용지 2.5매의 분량의 글을 거뜬히 글을 쓰는 사람으로 변화되었다는 건 정말 대단한 일이 아닐 수 없다. 작가님의 상상도 못할 힘들었던 지난날 끝에 가장 뚜렷하게 느껴졌던 것은 시련과 고통은 견디는 것이 아니라 지켜보는 것이라고 했다. 아프니깐 청춘이다, 미쳐야 산다 등 우리는 종종 아픔에 대해 익숙해져야 하고, 견뎌야 하는 것이라고, 젊을 때 고생은 사서도 하는 거라고 믿고, 듣고, 보며 자랐다. 그랬던 나에게 아픔을 견디지 말고 지켜보라는 말은 큰 충격이었다. 우리가 꼭 아파할 이유가 뭐가 있으며, 한참 예쁜 시기인 청춘의 시기에 왜 꼭 아파야 하는지, 역설적인 생각에 나 또한 내 삶에 있는 규칙들이라고 하는 것들에 대해서 많이 벗어나게 되었다. 이렇듯 한 권의 책은 한 사람의 삶의 규칙과 가치와 방식을 더 나은 방향으로 변화시키며 내 길의 방향을 알려주는 작은 나침반 같은 존재 같다.

　초등학교 때 살았던 곳에 큰 도서관이 설립되었다. 시장 한 가운데에 있는, 지금 생각해보면 그 도서관은 정말 생뚱맞은 위치에 있었지만 그곳은 친구들과 만남의 장소였으며, 굉장히 친숙한 장소였다. 시설 좋은 신규 도서관 덕에 참 많이도 놀러 가고, 책을 많이 접하게 되었다. 그 습관이 있어서 그런지 도서관이 없는 곳으로 이사를 가서도 책방에 가서 책을 빌려 보곤 했었다. 지금은 거의 사라진 비디오 대여점에서는 한쪽에서 책도 함께 빌리는 장소가 있었다. 그 때 만났던 직원 언니는 초등학생이 책을 열심히 읽는다고 무척이나 예뻐해 주었던 기억이 난다. 언니의 칭찬이 꽤 좋았었나보다.

어렸을 때 주변 분들에게 전집 선물을 많이 받았다. 방 한 가득 책장이 가득할 정도였으니 금액으로 환산을 한다면 아마 중고차 한 대 가격은 나왔을 듯하다. 그렇게 많은 양의 책이 있었는데 정작 책을 많이 읽지 않았던 것 같다. 그 이유가 무엇이었을까 생각해보니 그 중에는 흥미가 있는 책도 있었지만 전혀 손이 안가는 책들도 분명 있었다.

물론 책을 편식하는 것은 좋지 않지만 아이가 책에 관심과 흥미를 가지려면 처음에는 좋아하는 분야의 책을 많이 읽어보는 것이 좋다고 생각한다. 만화를 좋아하면 만화를 좋아하는 이유가 있을 것이고, 위인전을 좋아하면 위인전을 좋아하는 이유가 있을 것이다. 점점 커서는 좋아하는 책 보다는 어쩔 수 없이 읽어야 할 책들을 읽어야 할 경우도 많이 생기니, 어렸을 때의 독서만큼은 흥미가 많이 가는 위주로 읽도록 도와주고 싶다.

가수 이적 씨의 어머니 박혜란 님은 자녀들이 어느 정도 컸을 때 다시 공부를 시작했다고 한다. 엄마가 거실 테이블에서 늘 책을 펴놓고 있는 모습은 아이들에게 일상이 되었고, 자연스럽게 엄마 옆에서 책을 펴는 것이 아이들의 습관이 되었다고 한다. 책 읽는 것이 학습이 아니라 놀이가 되었고, 그렇게 꾸준히 이어온 독서법과 공부법 덕에 세 아들이 모두 좋은 학교에 진학하게 되었다고 한다. 말보다는 행동으로 보여준 셈이다.

유아교사 시절 가장 수업태도가 좋은 아이를 뽑아 교사가 읽어주고 싶은 책이 아니라 아이가 읽고 싶은 책을 읽어주곤 했었다. 아이들은 자신이 좋아하는 책을 다른 친구들과 함께 읽는다고 생각하니 그 시간만을 기다리듯

치열하게 바른 수업태도를 보여주었고, 상상도 못할 집중력을 보여주었다.

그렇게 해서 선택된 아이들에게 자신의 책이 왜 좋아하는지, 어떤 내용이 좋은 건지 질문해 보기도 했는데, 그 대답은 정말 천차만별 이였다. 자신이 좋아하는 것에 대해 말하는 시간에 아이들의 눈에 열정과 흥분이 가득 담겨 있었다.

우리 남편의 취미는 헌 책방에 가서 헌 책을 사는 것이다. 새 책을 싫어하는 것은 아니지만, 중고 서점에 가서 남이 읽었던 좋은 책을 저렴하게 구입할 수 있다는 사실이 참 좋다고 했다. 비단 가격 때문일까 싶어 왜 헌 책을 좋아하냐고 물어보았더니, 그 책을 지은 저자를 글로 만날 수 있기도 하지만, 그 책을 읽었던 사람들의 흔적을 볼 수가 있기에 함께 읽는 듯한 느낌을 받는 것 같아 좋다고 했다. 요즘 중고서점에는 다섯 줄 이상 밑줄이 그어져 있는 책은 상품으로 받아주지도 않는다. 그러나 'ㅇㅇ에게 선물합니다'와 같은 글씨가 적혀 있는 것은 예외다. 남편의 스트레스 해소법이기도 한 헌 책 모으기 덕에 우리 집은 다시 팔지도 못하는 헌 책들로 가득하다.

그래서일까 남편 역시 자녀와 책으로 함께 하는 활동을 많이 하고 싶어 한다. 같이 도서관도 가고, 매일 밤 책을 읽어주기도 하는 꿈을 꾼다. 생각만 해도 고맙고, 참 멋있다. 그리고 감사하다. 남편에게 책이란 또 다른 친구였을 것이고 스승이었을 것이고 삶의 나침반이었을 것 같다. 다행히 나도 책을 좋아하니 우리 부부의 데이트코스는 지루해보일 정도로 북 카페에 가서 책 읽기, 중고서점 가기, 대형서점 가서 신간보기 등 심플하기 짝이 없다. 그래서 아마 자녀가 생긴다면 함께 도서관을 가고 책을 보러 간다는 것은 이미 습관이 되어 있는 우리의 삶의 일부분이라 쉽게 생각되는 장점이 있는 것 같다. 얼마 전 '책으로 가득한 거실을 갖고 싶어요' 라는 꿈을 적으며 앞으로 태어날 아이와 함께 오손도손 과일을 먹으며 한 장 한 장 넘기며 책을 보고 있는 모습을 그려 보았다. 참으로 행복한 모습이다. 책을 많이 읽는 아이로 자랄 수 있도록 많이 도와주어 삶을 살아갈 때 지식 뿐만 아니라 더 많은 지혜가 필요할 때 언제든지 활용할 수 있었으면 좋겠다. 지식을 뽐내는 아이가 아닌, 지혜로운 아이로 말이다.

지금 살고 있는 집 바로 앞에는 어린이도서관이 있다. 작지만 깔끔한 시설과 꽤 많은 도서량 덕에 어린 유아부터 학부모들까지 많이 이용하고 있다. 종종 도서관에 가면 부모와 함께 아이가 함께 책을 읽는 모습을 많이 보게 된다. 조용히 앉아서 엄마와 함께 책을 읽고 있는 아이들의 모습을 보면 어찌나 예뻐 보이던지. 나도 아이가 생기면 꼭 도서관 근처로 와서 매일 함께 다녀야지 라는 생각까지 들 정도였다.

나는 책을 통해서 삶의 지혜와 변화를 꿈꿨고 시련을 이길 수 있었다. 나 역시도 무엇보다 아이들에게 공부하는 엄마의 모습을 보여주고 싶다. 책을 통해서 많은 궁금증을 가지고 하나하나 알아가는 기쁨을 느끼고, 어려움을 극복했던 수많은 위인들을 보며, 더 큰 지혜를 가진 삶을 느끼게 해주고 싶다.

오직
하나뿐인
너

사람들이 원하는 인생의 목표가 무엇일까? 웬만큼 특별한 사람을 제외하고는 대부분의 사람들이 공통적으로 '행복'한 삶을 꿈꾼다. 나 역시도 그렇다. 그런데 많은 사람들이 지금은 행복하지 않다고 말하는 이유가 무엇일까? 아직은 행복하지 않다고 생각하는 사람들의 대부분은 뭔가를 이루어 유명한 사람이 되지 않았다거나 혹은 돈을 많이 모으지 못했다고 생각하기 때문이 아닐까? 불과 얼마 전까지만 해도 나 역시 같은 생각을 했었다. 아직 남보다 이룬 것이 많지 않고, 늘 부족하다고 생각했기에 아직은 행복하지 않다고 느꼈다.

늘 열등감이 쌓여 있었고, 남들보다 뭔가를 해야만 한다는 생각에 병적으로 자기계발에 힘을 썼다. 다행히 이 모든 것을 이해해 주는 남편을 만나 이

리저리 해 보지 못했던 것들을 많이 지원해 주었지만 아마 보통의 남자들이라면 주말마다 쉬지도 않고 뭘 배우러 나가고 몇 개월씩 뭔가를 배우는 나를 이해하지 못했을 거라 생각한다. 자기계발을 통해 나는 성장하고 있으며, 뭐든 남보다는 한 발자국 더 나아가고 있는 듯한 착각을 하며, 자기만족을 하고 있었던 것이다.

자기계발은 언제나 옳다. 그러나 내가 이루고자 한 목적과 방향이 잘못되었던 것이다. 뭔가 남보다 더 배우고 알아야만 열등감이 사라지고, 남들보다 좀 더 행복할 수 있을 거라 생각했다. 뭐든 비교하려는 마음에서 시작된 잘못된 출발이었다. 남보다 못한 나, 수많은 비교가 행복의 기준이 될 때 우리는 행복해 질 수 없다.

어떤 날에는 몸이 피곤한 날도 있고, 어떤 날은 특별히 감사할 만한 것이 없는 날도 있었다. 그럴 땐 감사제목을 억지로라도 찾아보았다. 가령, 저녁 반찬에 생선구이가 잘 구워져서 감사하다, 날씨가 유난히 맑은 것 같아서 감사하다, 기다리지도 않았는데 지하철이 잘 도착해서 감사하다 등 어쩌면 그냥 지나쳐 버릴 수도 있는 이야기를 찾아 감사했다. 그러다 보면 평범했던 하루가 그 어느 날보다 더욱 특별한 날이 된 것 같았다.

누구보다 더 잘나서 감사하고, 누구보다 더 똑똑해서 감사한 것이 아니라 지금 현재 내 삶, 바로 오늘 나에게 주어진 것들에 대해 감사를 하게 되니 삶을 바라보는 행복에 대한 생각이 많이 바뀌게 되었다. 그 누구와도 비교하지 않고 온전히 내가 느꼈던, 내가 보았던 것들에 대해 감사하는 마음으로 바라보니, 바로 내가 보이기 시작한 것이다.

이 세상에 태어날 때 우리는 모두 각자의 천재성을 가지고 태어난다. 어쩌면 부모님이 어찌 해준 것이 아닌 정말 온전히 내가 가지고 태어나는 능력 말이다. 아니 사실 존재자체만으로 특별한 우리의 모습을 수많은 비교와 경쟁의 사회에서 자꾸만 잊고 사는 것은 아닌가 싶다.

　그 뿐만 아니다. 우리나라의 정형화된 교육방식은 각자의 성향과 개성이 잘 드러날 수 있기에는 조금 부족하다고 느낀다. 성적의 등급으로만 결정되는 한 아이에 대한 평가가 어쩔땐 조금 아쉽다. 내가 정말 잘 하고 있구나, 내가 지금 누구보다 행복하다고 느낄 수 있는 방법은 내가 좋아하는 것을 하는 것이다. 공부를 하지 말고 각자 하고 싶은 것만 하라는 말이 아니다. 개인이 좋아할 수 있는, 흥미가 가는 영역들에게 대해 많이 알아갈 수 있는 경험 및 지속적인 프로파일 검사, 모든 아이들이 다 경험할 수 있는 심리상담 등 정말 중요한 것들에 대해 배울 필요가 있다. 개인적으로 나는 중, 고등학교에 심리상담학 과목이 강조 되었으면 좋겠다. 현재 지금 내가 가지고 있는 기질과 성격유형은 무엇인지 공부할 수 있는 과목이 정규과목으로 정해진다면 6개월, 1년에 한 번씩 하는 의미 없는 적성검사보다는 훨씬 더 긍정적인 효과가 나올 것이라 생각된다. 비록 주관적인 생각이지만 꼭 이루어졌으면 좋겠다.

　아이와 함께하는 시간동안 사랑해라는 말보다 특별하다는 말을 많이 해주고 싶다. 이 세상에 정말 없어서는 안 될 존재이며, 너로 인해 이 세상이 더 행복해질 거라는 말, 너의 얼굴, 너의 마음, 너의 외모 등 모든 것은 다 특별하게 만들어진 것이라는 말. 그로 인해 정말 네가 원하는 것을 하라고 말하고 싶다. 이 세상에는 오직 하나뿐이 너, 무엇을 하든 그런 너의 심장이 떨리는 것을 하라고 말해주고 싶다. 모든 천재성을 가지고 태어난 너이기에,

이 세상에서 유일한 존재라는 사실을 언제나 잊지 말고 그런 너의 가슴이 쿵쾅쿵쾅 뛰는 일을 공부 하라고 말해주고 싶다. 그것이 공부든 춤이든 노래든 봉사든 마음의 소리에 잘 귀 기울여서 정녕 원하는 그 뭔가를 했으면 좋겠다.

빠른 시간 안에 찾는 아이도 있겠지만 짧은 성장 과정 안에 찾지 못하는 아이들도 많다. 그만큼 경험이 부족하기 때문이다. 좋아하는 것이 칼로 무 자르듯 딱 정해져서 태어났으면 얼마나 쉬웠을까. 하지만 반대로 생각해보면 모든 것이 정해진 삶은 얼마나 재미없는 삶일까..?

김미경의 《인생미답》 이라는 책을 본 적이 있다. 50세가 훨씬 넘은 나이의 김미경 작가는 아직도 꿈이 있고 배우고 싶은 것이 있다고 했다.

"진짜 공부는 나이 들어서 하는 공부다."라는 말이 나에게 얼마나 큰 충격이었는지 모른다. 어쩔 수 없이 해야만 했던 공부, 남들이 하라니까 했던 공부 말고 정말 내가 하고 싶어서, 나의 성장을 위해서, 나의 꿈을 위해서 하는 공부가 진짜 공부라는 말이다. 생각해 보니 정말 그렇다. 직장을 다니면서 보육교사 자격증을 땄고, 학사학위를 따며 대학원을 준비하고, 정말 배워보고 싶었던 폼 아트 강사자격증까지 따고……. 정말 내가 원해서, 하고 싶어서 돈 벌면서까지 했던 공부가 더 보람차고 성취감이 있고 잊지 못한다. 또 어렵게, 그리 많지 않은 유치원 교사 월급을 차곡차곡 모아가면서까지 배웠던 공부는 내 스스로에게 말할 수 없을 만큼의 뿌듯함과 대견함을 가져다주었다. 남편과 월급은 늘 차이가 많이 났는데도 불구하고, 내가 더 많은 자기계발을 한 것 같은 모습에 늘 존경스럽다고까지 말해준다.

내가 요즘 좋아하는 것은 캘리그라피다. 캘리그라피에 삶을 담은 에세이

형식의 책을 보면서 얼마나 공감되고 위로가 되었던지 그 길로 선생님을 보고 싶어서 강의를 하는 곳에 찾아가 보기도 했다. 그만큼 내 마음이 많이 설레고 두근거렸다. 그 후 스스로 연습하여 1일 1말씀을 올리고 있다. 단순히 나의 마음의 평안과 안식을 위해 SNS에 올리기 시작했는데 원하는 말씀을 써달라는 분들도 계시고, 하루 한 말씀 덕분에 아침을 차분하게 묵상하며 시작하게 되었다며 많은 분들이 좋아해 주셨다. 이런 게 선한영향력이 아닐까?

지금은 부족한 실력이지만 내년에는 하루 한 구절 성경말씀을 담은 혹은 하루 한 개 감사제목을 담은 캘리그라피 책을 내고 싶은 꿈이 있다. 언젠가가 될지 아직 모르지만. 내가 캘리그라피의 한 문장 한 문장 덕에 위로를 받았던 것처럼, 나 역시 많은 사람들에게 치유와 위로를 선물해 주고 싶다. 지금 주어진 내 상황에 대한 감사, 내 존재에 대한 감사를 시작했을 때 정말 내가 좋아하고, 가슴 떨려 하는 것이 무엇인지 귀 기울일 수 있는 지혜가 생긴 것 같다. 훌쩍 어른이 되어버린 나를 아이가 바라보았을 때엔 처음부터 좋아하는 게 많았고 진정으로 마음이 기뻐하는 일이 무엇인지 빨리, 그리고 쉽게 찾았을 거라고 생각이 들 수도 있겠다. 실은 아직도 많은 시행착오를 겪고 넘어지기도 하고 일어나보기도 하는 중일지도 모르지만 말이다. 혹여 아이가 온전히 자신을 사랑하고 좋아하는 것을 찾는 과정에 지쳐 쓰러지고, 힘들어 할 때 조용히 뒤에 다가가 "괜찮아. 천천히 가도 괜찮아. 성급하게 생각할 필요가 전혀 없어."라고 등 뒤를 조용히 그리고 아주 가볍게 토닥여주고 싶다. 무엇을 하든지 엄마아빠는 믿어주고 지원해줄 자신이 있다고, 너의 인생을 존중하겠노라고 말이다.

항상
곁에 있을께

작년 봄에 《끝내는 엄마 VS 끝내주는 엄마》 저자이신 김영희 작가님의 저자 강연회에 남편과 함께 다녀온 적이 있다. 책을 읽고 내가 하고 싶은 부모교육법에 공감하고 많은 감동을 받아서 김영희 작가님께서 꼭 강연회를 열어주시기를 바랬는데, 마침 강연회를 열린다고 하여 바로 등록하고 강연을 듣게 되었다. 대부분 자녀가 있는 분들 또는 예비부모들이 참여했다. 물론 우리도 결혼을 하여 예비부모 측에 속했지만 아직 자녀가 없었기에 사실 좀 민망하긴 했다. 그러나 김영희 작가님께서 이렇게 결혼하고 아이가 없는데도 불구하고 이런 강의를 부부가 함께 듣는 모습이 굉장히 멋지다며 칭찬을 해주셔서 몸둘 바를 몰랐다. 그때는 어색했는데 지금 생각해보니 참 잘했다는 생각이 든다.

인생의 선배님께서 그동안 밟아오신 넘어지고 일어서길 반복했던 그의 삶의 노하우를 아낌없이 알려주셨던 그 강의는 앞으로 우리가정의 계획의 방향을 결정하는데 굉장히 많은 도움이 될거라 확신하고 올 수 있었기 때문이다.

강연회를 마칠 때쯤, '내가 만약 자녀를 다시 키우고 싶다면'이라는 주제를 가지고 한명씩 발표하는 시간을 가졌다. 나는 아직 자녀를 키워보지 않은 예비 엄마였기에 우리 부모님이 나에게 해준 가장 감사했던 것을 생각해 보았더니 1초도 걸리지 않고 무엇을 하든 믿어주셨던 '신뢰'라는 생각이 들어 나도 모르게 내가 다시 자녀를 키운다면 믿어주는 부모가 되고 싶다고 말했다. 가족과 좋은 여행을 갔던 경험, 부모님이 멋진 선물을 사주었던 경험,,함께 맛있는 음식을 먹었던 경험 등 정말 감사한 일이 많이 있었지만 그 중에서도 가장 감사했던 점은 온전히 나를 믿어주셨다는 것이다.

작가님의 책 제목처럼 '끝내주는 엄마'란 무엇일까? 바로 '믿어주는 엄마'라고 생각했다. 부모는 자녀를 이끌어주는 것이 아니라 밀어주는 거라고 하셨다. 보통 부모가 되면 아이가 잘 자랄 수 있도록 이끌어주어야 한다고 생각했었는데 참 모순되는 말일수도 있겠다. 처음부터 작가님도 아이를 늘 믿어주셨던 것은 아니라고 하셨다. 처음엔 믿어주지 못한 부분이 많아 시행착오를 참 많이도 겪으셨다고 했다. 그러면서 30년이 훌쩍 지난 세월을 보내고 드는 육아의 결론은, 8할은 기다림이라는 것이다. 아이가 스스로 자기가 좋아하는 것을 깨달을 수 있도록, 스스로 생각할 수 있도록, 스스로 결정할 수 있도록 부모의 역할을 기다려 주는 것이라고 했다.

남편과 서로 결혼에 대한 확신이 선 후, 부모님에게 소개해 드릴 준비를 했다. 그런데 엄마와 아빠가 신앙을 가지고 계셔서 내가 결혼할 집안도 신앙이 있어야 허락을 해주실 거라는 생각이 들어 함께 산책을 하며 조심스레 엄마에게 물었다. 배우자는 신앙이 있지만 배우자의 부모님들은 신앙이 없으신데, 결혼을 하는 것에 대해 어떻게 생각하시느냐고…….

떨리는 마음에 엄마의 대답을 기다렸다. 그러자 엄마의 대답은 0.1초만에 뭘 그런 걱정을 하냐는 듯이 당연히 찬성이라고 했다. 신앙이 있는 집안에 너가 결혼을 하면 비슷한 문화 환경에 더 편하겠지만, 신앙보다 더 중요한 것은 성품이라고 하셨다. 내가 바른 사람이면 바른 배우자를 만날 것이고, 바른 배우자면 부모님도 바를 것이라고 말이다. 떨렸던 내 마음이 한 순간에 사르륵 녹는 듯했다. 집 앞 공원을 지나가며 엄마와 나눈 그 대화시간을 나는 아직도 잊지 못한다. 그때 우리 부모님도 내가 스스로 잘 판단하여 결정 할 수 있도록 잘 지켜봐 주신 것이다. 진로를 결정하든 어떤 선택사항에서도 항상 내가 결정할 수 있도록 뒤에서 묵묵히 응원해 주신 힘은 정말 평생 잊지 못할 감사한 제목이다.

그러나 우리 부모님 뿐만 아니라 시댁 부모님의 허락도 당연 필요했다. 우리 부부는 결혼식을 교회에서 드리고 싶은 꿈이 있었고, 예배식으로 드리고 싶었다. 하지만 시부모님께선 신앙이 없으셨고, 술을 좋아하시는 아버님께서는 피로연때 술을 먹지 못한다는 생각에 불편하셨을 수도 있다고 생각이 들었다. 하지만 우리가 원하는 대로 결혼식을 진행하게 허락해 주셨고, 우리의 결혼식은 시부모님들께 첫 예배가 되었던 것이다. 아직도 시부모님께 제일 감사하고 감동스러운 일이 아닐 수 없다.

남편은 부모님과 한 번도 싸운 적이 없다고 한다. 딸도 아니고 아들이, 사춘기도 겪었으면 훨씬 더 심하게 겪었을 아들이, 부모님과 한 번도 마찰이 없었다니 정말 의심하지 않을 수가 없었다. 물론 남편은 공부를 잘 하는 편에 속해서 마찰이 있을 것도 없었겠다 싶지만, 결혼하고 나서 보니 남편의 말은 사실인 듯 했다. 특별히 이래라저래라 하시지 않고, 늘 자식 잘 되기만을, 뒷바라지 하시는 것만을 일상으로 여기시는 시부모님을 보면서 그닥 분란이 날 게 없었겠구나 라는 생각이 들었다. 또한 남편도 항상 어려웠던 형편이었기에 '본인 때문에 힘들게 해드리면 안 된다' 라는 무의식적인 생각이 자리 잡고 있었던 것 같기도 하다. 시부모님 역시도 남편에게 풍족하고 여유롭게는 지내게 해주지 못했을지언정 아들을 전적으로 믿어주시며 뒤에서 묵묵히 지원해 주시지 않았을까 생각이 든다.

　믿어주는 말의 힘은 상상을 초월하는 놀라운 에너지를 발휘하게 된다. 비단 자녀와 부모사이에 관계에서만 그렇지 않을 것이다. 부부사이, 친구사이 등 상대방에 대한 신뢰를 바탕으로 한 믿음은 그 어떤 관계보다도 더 끈끈하고 친밀하게 만들어 준다. 그러나 말은 쉽지만 어찌 현실에서 적용하려고 하면 쉬울 수가 있을까. 신뢰도 어쩌면 연습과 노력이 필요한 일이라고 생각이 든다. 내가 너를 온전히 믿는다. 신뢰한다는 마음이 전달이 되면 상대방으로 하여금 자신도 모르게 같은 생각을 갖게 될 텐데 말이다. 지금 생각해 보니, 육아도 자녀교육도 어찌 보면 정말 암기공식 같은 노력이 필요하지 않을까 라는 생각이 든다.

　결혼식때 주례 목사님께서 사랑은 암기라고 하신 말씀이 우리 부부생활에 참 많은 도움이 되었다. 내가 하고싶은 대로 하는 사랑이 아닌 상대방이 원하는 사랑을 해주는 것. 그것을 암기하다 시피 외워서라도 내가 하고 싶은 사랑이 아니라 상대방이 원하는 사랑을 해주는 것. 그것이야말로 진정한 사랑방식이 아닐까 생각이 든다. 내 방식대로의 사랑은 상대방에게는 부담이 될 수도 있고 원치 않는 것일 수도 있으니 말이다. 자녀교육도 마찬가지 아닐까 라는 생각을 해본다. 부모가 원하는 대로 자라주기를 바래 앞에서 이끌고 이끄는 것이 아니라, 바른 규칙 안에서 자녀가 원하는 대로 자녀가 할 수 있는 대로 뒤에서 묵묵히 묵직하게 밀어주는 게 부모가 아닐까 싶다. 나 역시도 이렇듯 밀어주는 부모가 되고 싶다. 내가 네비게이션이 되지 않고, 자녀가 스스로 운전해서 본인이 가고자 하는 최종목적지에 갈 수 있도록 뒷좌석에 앉아 묵묵히 지켜봐주는 부모의 모습 말이다. 중간에 길을 잘못 들 수도 있고, 잠깐의 예상치 못한 사고를 당할 수도 있다. 잘 가고 있던 차가 고장이 나서 고치고 가야 할 수도 있다. 그러나 분명한 건 길을 잘못 들던 잠깐의 사고를 당하든 항상 뒤에서 응원을 해줄 수 있는 누군가가 있다는 것, 아이에게 해줄 수 있는 최고의 선물이 아닐까 싶다.

대리만족이라는 단어가 있다. 뜻을 풀이하자면, 한 목표가 어떤 장애로 저지 되어 그 목표달성이 되지 않았을 때 이에 대신하는 다른 목표를 달성함으로써 처음에 가졌던 욕구를 충족시키는 행동이다. 많은 부모들이 자신도 모르게 시도하고 있는 부분이 아닐까…….

내가 하지 못했던 것들을 자녀가 해주었으면 하는 바람. 어쩌면 자녀에 겐 힘든 것을 경험해주고 싶지 않은 마음이 앞서서 행동하는 것이 아닐까 싶다. 하지만 앞서 예를 든 것처럼, 운전을 하다 잠깐 길을 잃어보기도 하고, 방향을 잘못 가기도 해 보고, 어쩔 수 없는 사고도 당해 보면서 더 나은 길을 갈 수 있다고 깨달으며 인생은 스스로 헤쳐나가야 한다는 자신만의 규칙을 얻을 것이다. 옳은 길만 가기만을 바라는 부모의 마음은 옳지만, 자립심, 문제해결 능력 등의 부분들 까지는 부모는 절대 대신 해 줄 수 없기 때문이다.

　나도 이처럼 앞으로 자녀가 태어난다면 아이를 늘 묵묵히 기다려주고 신뢰하는 부모로써 항상 믿어주며 힘이 되는 말을 해주고 싶다. 가령 "너는 잘하고 있다." "너는 우주를 흔들 아이야.", "틀림없이 잘하고 있어!"라는 어찌 보면 립서비스 같은 말들을 정말 매 순간 해줄 것이다. 어쩌면 아직 자녀가 없기 때문에 너무나 쉽게 말할 수도 있겠다. 하지만 이 글은 나만의 약속이자 다짐이다. 어떤 상황이 오든 자녀를 믿어주는 부모가 되겠노라고 말이다. 훗날 나도 모르게 다른 방향으로 가고 있는 나를 붙잡아줄 유일한 길잡이가 될 것을 믿어 의심치 않는다.

모든 것은
네 마음에
달려 있어

연말이 다가와 올해 초 새해에 적어보았던 목표들과 다짐들을 다시 꺼내 보았다. 올해는 무엇보다도 "기록하는 해"로 나만의 표어를 정하고 뭐든지 다 기록하고 행동하는 삶으로 살고 싶었고 정말 이번 해 만큼은 작은 것이라도 기록하고 나를 돌아보기로 다짐했다. 매해 늘 목표를 정하고 계획을 세워보지만 이번만큼 절실했던 적은 없었던 것 같다. '작은 성취감이 쌓여 자존감이 만들어가진다' 라는 문구를 보고 굉장한 자극을 받아 이번에 만큼은 꼭 이루고자 했던 일들을 이루고자 마음을 먹게 되었다. 물론 일 년 내내 하루도 빠짐없이 모두 다 지켜진 것은 아니지만 지금까지도 이어지는 나의 결심들을 보면서 굉장히 뿌듯한 한해가 된 것 같다.

첫째로 건강관리에 신경을 썼다. 몸을 관리하지 않고 운동을 하지 않으니 우울해지는 것은 당연한 일이었다. 그래서 운동을 다시 시작하게 되었다. 처음에는 뻣뻣했던 몸들이 이제는 아주 유연해지었고 근육도 많이 붙어 달라진 내 몸을 확인할 수 있었다. 두 번째로는 그럼에도 불구하고 감사하기였다. 일상 속에서 정말 작은 것에 대해 감사하는 마음을 갖는 연습을 하였더니 큰일이 다가와도 유연하게 감당할 수 있는 힘과 능력이 생겼고 세상을 바라보는 눈이 더 넓어지게 되었다. 세 번째로 기록이었다. 책을 읽고 독서 노트를 쓰고, 일기를 쓰고, 성경필사를 쓰면서 나에게 주어진 하루를 소중하게 생각하지 않을 수가 없었다.

마지막으로는 블로그 글쓰기였다. 블로그를 통해서 지금 내가 관심을 두고 있는 것은 무엇인지, 정말 내가 어떤 생각을 하고 있는지, 객관적으로 바라볼 수 있는 점이 생겼고, 많은 좋은 이웃 분들과 소통할 수 있게 되었다.

많은 이웃 분들 중에는 배울 점이 참 많은 분들도 계셔서 내 삶을 더욱 풍성하게 만들 수 있게 도움을 주신 분들도 많다. 그런 분들은 항상 긍정적이셨고, 똑같은 경험을 하여도 바라보는 관점이 달랐다. 매일 긍정적인 명언을 읽고 또 그것을 자기 삶에 체득하며 살고 있었다. 그런 좋은 분들을 많이 보면서 아 정말 사람은 어떤 마음을, 어떤 생각을 갖느냐에 따라서 많은 것들이 달라질 수가 있겠구나 라는 자극을 많이 받았다.

나도 꽤 긍정적이고 밝은 아이라고 생각했는데 어쩌면 밝고 긍정적인 모습은 남에게 잘 보이려고 했던 마음이었을 수도 있겠다 라는 깨달음도 얻게 되었다. 왜 그런지는 모르지만, 내가 밝고 긍정적이어야만 사람들과 관계를 이어갈 수 있다고 생각했고, 나의 힘든 마음을 이야기 하면 괜히 걱정을 끼치는 것만 같았기 때문이다.

지난 겨울 참 많이 우울했었다. 10년여 가까이 다닌 직장을 건강상에 이유로 그만두고 난 허탈감과 허무함이 몰려왔다. 어쩌면 그 당시에 나 스스로가 '그만큼 오래 일하고 쉬니깐 당연히 우울할 거야, 우울해져야해, 우울한 게 당연해.' 라는 생각을 가진 것은 아닐까 라는 생각이 들었다. 물론 하루아침에 허무함과 허탈한 마음을 감출 수는 없을 것이다. 그 기간을 메워줄 그만큼이 시간이 필요할 것이다. 그러나 조금 다르게 생각해서, 이제는 다시 새로운 것에 도전하고 꿈꿀 수 있는 시간이 펼쳐졌구나! 나의 가능성은 이제 무궁무진하구나!라는 생각을 했다면 그렇게 오랫동안 많이 우울했을까?

"삶은 자신이 생각하는 대로 된다. 우리의 목표, 태도, 성공 역시 내가 생각하는 대로 된다."

이렇게 나의 생각과 마음이 달라지면서 불과 몇 개월 전의 나의 우울했던 모습은 오간데 없이 사라지고 항상 도전하려는 마음과 용기가 어디서인지 모르게 불쑥불쑥 잘도 튀어나오는 것 같다. 그러면서 자연스럽게 우울한 감정은 사라지고 행복한 기운만 가득 넘치게 될 수 있었다. 지난날 나는 항상 무언가를 실수 없이 완벽하게 하려는 마음에 나의 삶을 만족하지 못했다.

나는 실제로 집에 있으면 청소를 즐겨한다. 늘 정돈되어 있었으면 좋겠고, 깔끔했으면 좋겠다는 마음에 남편 외엔 아무도 보는 사람이 없는데도 불구하고 나는 이쪽저쪽을 쓸고 닦는 나를 발견하게 된다. 그러니 집에 있어도 쉬는 것 같지 않다는 생각을 가질 때가 많이 있었다. 사실 지금은 정말 많이 괜찮아졌지만 불과 몇 년 전 신혼 초에는 더 심했었다. 조금이라도 집이 깨끗하지 않다고 생각하면 친정 부모님이 오시는 것조차 싫어했던 내가 지금은 집이 널브러져 있어도 지인들을 스스럼없이 초대하게 되었다. 정말 많은 변화였다. 아이가 실수를 하거나 힘든 마음일 때 괜찮아, 괜찮아 하면서 여유로운 마음을 가진 부모가 되겠노라 했으면서 정작 내가 하는 행동은 늘 잘해야만 하고 철저한 모습만 보여준다면 보는 가족들은 나로 하여금 힘들 수도 있겠다 라고 생각하니 조금은 마음의 짐을 내려놓을 필요가 있었고, 아이에게 "잘하지 않아도 괜찮아. 가끔은 쉬어도 괜찮아. 괜찮지 않아도 괜찮아."라는 마음가짐을 알려줄 수 있는 부모가 되는 준비를 하고 싶었다. 설령 아이가 어떤 실수를 해도, 더욱 더 당당했으면 좋겠다. 에잇! 이건 안되었네, 에잇! 다시 해야겠네 등등 툴툴 털어버릴 수 있는 지혜와 용기 말이다.

아이가 물을 흘렸으면 제일 해야 할 일은 무엇일까? 바로 물을 닦아야 하는 일이다. 아이에게 화를 내거나 꾸중을 하는 건 어쩌면 그 다음일 지도 모른다. 오래 전에 봤던 한 만화장면이 있다. 이야기의 시작은 한 아이가 우유를 흘린 장면에서부터 시작한다. 우유 한 병을 모두 다 흘렸으니 주방 바닥은 우유천지가 되었고, 그 모습을 본 엄마가 발견하게 되었다. 그 모습을 본 엄마가 한 행동은 무엇이었을까? 바로 스펀지를 가져오는 행동이었다. 아이에게 우유를 스펀지에 적셔보면 얼마만큼 적셔지나 게임 해 볼까? 하면서 스펀지와 대야를 가져와선 스펀지에 스며드는 우유를 관찰하고 서서히 치우게 되었다고 했다. 그 후 아이에게 우유와 같이 액체 종류는 쏟으면 담기 어려울 수 있으니 다음에는 주의해서 만지도록 하자고 설명해 주었다.

아이에게 먼저 잘못한 것을 가르쳐 주는게 아니라 이미 일어난 일에 대해 그 다음 상황을 먼저 행동하는 부모의 모습은 너무나 멋져 보였다. 그 장면을 본 나는 정말 큰 깨달음을 얻었다. 그 장면을 본 후 아직까지 생각이 나는 것을 보면 말이다.

만화장면 덕분에 교사를 하면서도 유용하게 활용할 수 있었다. 아이들은 어떤 실수를 하게 되면 무의식적으로 선생님이 무섭던 무섭지 않던 일단 눈치를 본다. 스스로 생각해보아도 혼날 일이라는 것을 감지해서 그런지 마음이 여린 아이들은 교사가 아무런 말도 안했는데 긴장할 때 보면 안쓰럽기까지 했다. 그럴 때 먼저 "괜찮아, 별 일 아냐."라고 말해주면 금새 씨익 웃고 더 열심히 해결하려고 하는 모습을 종종 보았다.

물론 현실적으로 화부터 나가는 순간순간이 얼마나 많을까. 그럼에도 불구하고 아이와 함께 이런 노력을 한다면 아이 스스로 조심할 수 있는 순간이 분명이 찾아오리라 믿는다. 이미 지나간 일에 대해 기꺼이 "Forget about it!"이라고 스스로 말하며, 실패 뒤에 일단 해결해야지 라는 마음으로 다시 수정해서 계획하고 전진하는 그런 멋진 모습을 보고 싶다. 그런 부모가 되기 위해서 나 역시도 많이, 무엇보다 마음이 넉넉한 부모가 되기를 다짐해본다.

살아가는 방법보다
바라보는 방법을 배우길

앞날을 미리 알 수 있다면 어떨까? 10대의 삶은 20대의 삶을 당연히 모른다. 마찬가지로 20대의 삶은 30대의 삶을 알 수 없다. 이처럼 우리는 가보지 않은 길에 대해는 전혀 알 수가 없기에 매일 희망을 갖고 꿈을 꾼다. 독서를 통한 간접경험과 강연과 자기개발들, 당연히 이 모든 것들은 삶을 살아가는 데 많은 도움이 된다. 앞으로의 인생을 어떻게 계획해서 살아나가야 할지, 어떤 방향으로 가야할 지에 대한 많은 생각을 갖는다는 것은 참으로 바람직한 일이라 생각한다. 독서를 통해서 내 인생이 변화한 것 같이 한 권의 책이 내 삶을 변화할 수도 있다.

그러나 내 삶이 변화된 것은 단순한 독서를 통한 것이 아니라 독서를 통한 마음의 변화로서 시작이 되었다. 참 궁금했다. 글을 쓰는 작가들은 어떻게 해서 그렇게 자신의 삶이 예전과는 변화되고 인생이 바뀌지기까지 할 수 있을까 라는 생각을 참 많이 했다. 더 좋은 무언가의 방법이 있나? 나만 모르고 있는 비법이라도 있는 걸까? 물론 각자에게 맞는 비법들도 있었다. 그러나 대부분 어떤 방법으로 인해 삶이 변화된 것이 아니라 어떠한 마음을 가졌느냐에 따라 달라진 결과를 보여주었다. 우리가 대부분 알고 있는 "긍정적으로 바라보기"는 삶이 변화되었다는 작가들 모두 너무나 당연하게 실천하고 있었으며, 앞으로도 쭉 그런 삶을 살 것이라는 다짐들로 가득한 글들이 많이 있었다.

긍정적으로 바라보기가 삶을 변화시킬 수 있는 방법이라면 돈도 안 드는 이 쉬운 것을 누구나 다 할 것이다. 그러나 생각보다 쉽지가 않은 것이 현실이다. 아무리 긍정적인 생각, 마인드를 가지려고 해도 생각하기도 싫은 안 좋은 일을 겹겹이 당한 상황을 맞이했을 때, 절대로 긍정적으로 생각 되지 않는 건 당연한 일이기 때문이다. 결혼하고 6개월만에 교통사고를 당하고, 남편과 나는 동시에 입원을 했고, 특히 온몸에 24시간 멈추지 않는 핸드폰 진동을 달고 있는 듯이 온 몸의 통증으로 시달리는 하루하루를 보내고 있었다. 교통사고를 당하고 얼마나 많이 울고, 얼마나 많이 화가 났었는지 모른다. 결혼하고 6개월도 안되어서 한참 신혼의 즐거움을 누려도 모자를 판에 입원을 하고 있고 사고 때문에 온 몸에 없던 통증을 달고 살아야 했었다. 왜 나에게 이런 일이 일어났는지, 매일같이 한탄하고 모든 게 화가 나고 짜증이 났었다. 외상 후 스트레스가 더 무섭다는 말을 뼈저리게 느끼게 된 것 같다.

하루하루 아니 매 시간 매 분마다 온갖 짜증과 신경질로 인해 점점 악마처럼 변해가는 나를 내 스스로 느낄 수 있을 정도였으니 말이다. 그러나 어둠 속에 들어가야 빛의 소중함을 깨달 듯이 그 때의 사고와 과정들은 나에게 축복이었다는 것을 1년여 지난 어느 날 알게 되었다.

결혼 전 나의 생활패턴을 보면 평일엔 일 중독에 주말 내내 교회봉사, 틈틈이 남자친구 만나기(지금의 남편)등 하루 24시간이 모자라는 시간을 보내고 있었다. 바쁜 생활로 인해 식습관도 늘 불규칙 했었다. 그로 인해 몸은 나빠질 대로 나빠졌고, 20대에 위궤양까지 걸려보면서 내 몸을 혹사하고 있었던 것이다. 최소한의 것들로 준비하려다 보니 하나부터 열까지 어찌나 신경을 썼는지 정작 결혼식 당일에는 어처구니없게도 피곤한 몸으로 식장에 들어갔던 것 같다.

여러 해가 지난 뒤 정신을 차려본 뒤에 나를 돌아보았다. 운동도 하는둥 마는둥 하는 내가 교통사고 덕분에 운동도 꾸준히 하게 되었고, 정말 하나님의 은혜로 좋은 치료사 선생님을 만나 지압 치료요법으로 몰랐던 나의 몸의 상태도 더욱 자세히 알게 되었고, 음식도 조절하며 먹는 습관을 들이게 되었다. 또한 꾸준한 요가를 통해 몸도 매우 유연해졌다. 밀가루로 삼시세끼도 가능했던 내가 밀가루를 조금씩 끊게 되었고, 몸이 찬 편에 속해서 따뜻한 음식들도 직접 찾아 먹게 되었다. 그로 인해 그 때의 내 몸과 지금의 내 몸은 비교가 안 될 정도로 건강해졌고 활력이 넘친다. 사실은 그 때의 후유증으로 아직도 치료를 받고 있지만 나의 마음가짐은 비교가 안 될 정도로 달라졌다. 그 때나 지금이나 같은 치료를 받고 있는데도 불구하고 지금나의 마음은 180도 다르다 .내가 만약 사고를 당하지 않았더라면 지금처럼 내 몸에 귀 기울이지 않고 언제나 그랬듯이 내 몸보다, 내 시간보다, 일중독에 빠져 살았을 것 같다.

치료를 받고 있는 지금은 오히려 이렇게 약한 척추로 태어났고 또 충격을 받게 되어 열심히 관리할 수 있어서 감사하다는 마음만 가득이다. 내가 남편한테 늘 하는 이야기 중 하나는, 지금 내 나이 30세 중반에 아파서 치료받고 있지만 꾸준한 치료와 관리로 인해 앞으로 10년 뒤에는 그 누구보다 건강한 엄마로 되어 있을 거라고 말이다. 같은 상황, 같은 사건으로도 어떻게 생각하고 어떻게 바라보느냐에 따라서 내가 만들어가는 삶은 판이하게도 달라진다.

감정도 습관이라고 했다. 긍정적이고 감사한 마음으로 삶을 바라보게 되면 그러고 싶지 않아도 그런 생각이 먼저 앞서 나온다. 그러나 늘 부정적이고 짜증 가득한 삶으로 바라보게 되면 심지어 좋은일이 생겨도 나도 모르게 안 좋은 감정부터 먼저 올라온다고 한다.

얼마 전 아파트 위층에서 밤 12시에 쿵쿵쿵 거리는 소리가 꽤 시끄럽게 들렸다. 평소에도 조금은 시끄러웠지만 그 날따라 참을 수 없을 만큼 쿵쿵쿵 거렸던 것 같다. 다행히 짧은 시간 안에 소음은 멈췄지만 그 순간 든 생각은 내가 생각해도 참 어이없었다.

"윗 집에 오늘 좋은일 있나보네? 같이 축하해주러 갈까?" 하는 웃긴 생각이 들었다. 그렇게 생각을 하다보니 얼마나 좋은일이 있길래 그럴까 싶어서 심지어 궁금한 마음까지도 생기고, 더 귀를 쫑긋 하려고 하는 기이한 현상이 벌어지기도 했다. 나는 그 소음으로 마음의 평정을 잃지 않았고 오히려 기분 좋은 상상까지 하며 내 스스로를 즐겁게 만들어 가고 있었다.

이제 와서 말하지만, 심지어 내가 아기를 기다리는 엄마의 마음을 담은 글을 책으로 낸다고 마음을 먹고 한참을 글을 쓰고 있었을 때도 확신과 자신이 없었다. 나만의 이야기가 가득한 이 책을 누가 읽어보기나 하겠어? 특별한 메시지를 주는 책도 아닌데 계약이나 되겠어? 라는 생각을 한동안 갖고 있었다. 이 생각 역시 나는 안 된다는, 안될 거라는 부정적인 시선으로 바라보고 있었기 때문에 드는 생각들 이었던 것이다. 그러나 단 한 명이라도 이 책을 통해 함께 공감하고 치유되는 독자가 생겨 선한 영향력을 끼칠 것이라는 긍정적인 시선으로 바라본 후로 글쓰기에 더욱 박차가 가해져 알 수 없는 책임감까지 느껴지게 되었고 초고를 완성 후 바로 계약을 하자는 멋진 출판사를 만나게 되었고 나는 작가가 되었다.

긍정적인 마음에 초점을 두면서 명상에 관심을 갖게 되었다. 사실 명상이라고 하면 왠지 종교적인 색깔이 많이 있는 것 같고, 소위 말하는 아빠다리로 앉아서 계속 아무생각도 안하고 앉아있어야 할 것 같아서 별로 하고 싶지도 않았고 관심도 없었다. 그러나 명상을 생활화 하시는 지인을 통해 들어보니 명상은 꼭 그 자리에서만 하는 것이 아니고 누워서도 호흡을 하면서 명상을 할 수 있고 사람과 대화를 하면서도 명상이 가능하다고 하셨다. 그 이유는 명상이라는 것은 아무생각도 갖지 말아야 하는 것이 아니라, 내가 지금 현재 갖고 있는 감정상황에 대한 바라보는 연습이라고 했다. 내가 오늘 너무 들떠있거나 마음이 바빠 있을 때 "어? 내가 지금 바쁘네?, 내가 지금 들떠있구나?" 라고 감정을 알아차려 주는 것이 명상이라고 한다. 그럼으로 인해 내가 느끼지 못했던 평정심을 가지게 되며, 원하는 상태로 이끌어 낼 수 있는 것이다. 그만큼 내 마음을 들여다보는 것은 앞으로 어떤 상황을 맞이하든 많은 도움이 될 수 있을 것이다. 앞으로 부모로서 자녀에게 인생을 살아보니 이렇게 사는 것이 더 좋은 것 같으니 엄마 아빠처럼 똑같이 살라는 조언은 해주고 싶지 않다.

　단 엄마, 아빠가 인생을 살아보니 이런 마음으로 사는 것이 현명하고 지혜로운 것 같다는 조언은 꼭 해주고 싶다. 그것들이 쌓이고 쌓이다 보면 그 아이에게는 말할 수 없는 마음의 힘이 축적 되어 어떤 상황이 오든 모든 것을 감당할 수 있는 넉넉한 마음의 근력이 생길 거라 생각이 든다. 더 나아가 나를 바라보는 것에 그치지 않고 상대방의 시선으로 바라볼 수 있는 통찰력도 생기기를 바란다. 같은 상황에서 조금은 다르게 바라보기, 내가 하는 것들에 대해 잘 하고 있는지 한 발짝 물러서서 바라보기, 정직한 일과 부도덕한 일을 구분하기 등, 보이지 않고 들리지 않는 작은 노력을 기울였을 뿐인데 그 아이가 그동안에 살아보지 못했던 세상이 달라지는 경험을, 인생이 달라지는 경험을 만나보기를 소원한다.

힘들고 지칠 때마다
다시 일어서는 삶

사촌이 땅을 사면 배가 아프다는 속담이 있다. 뜻풀이를 보면, 남이 잘되는 것을 기뻐해 주지는 않고 오히려 질투하고 시기하는 경우를 비유적으로 이르는 말이라고 나온다. 나보다 먼저 결혼한 친구가 큰 집에 이사갔다, 나보다 어린 친구가 더 일찍 성공을 했다, 더 잘나간다는 소리를 들으면 제일 먼저 드는 감정은 당연히 질투이다.

나의 감정까지는 상대방이 알 수 없는 터, 우리는 현재 내가 갖고 있는 것과 상대방이 더 많이 있는 듯한 생각과 마음을 갖게 되는 그 순간부터 힘들어진다. 곧 나도 모르게 생기는 비교의식으로 인해서 정말 볼 수 있는 것을 못 보고 보지 말아야 할 것을 느끼고 보게 된다. 당연히 나보다 더 많이 갖고 있는 사람들, 나보다 더 좋은 학벌을 갖고 있는 사람들을 보게 되면 말할 수 없을 만큼 부럽고 내 자신이 초라해지는 생각까지도 들게 된다. 그런데 생각해보니 모든 감정과 생각은 내가 내 스스로를 옭아매는 거였고 좋지 않다고 단정 짓는 것이었다. 나보다 더 나은 더 나은 사람들을 보면서 부러워하면서 지금 내 현재 상황에 대한 한탄과 속상함이 물밀듯이 밀려온 적이 한두 번이 아니었다. 나보다 늦게 결혼한 친구들이 벌써 집을 더 넓혀가고 안정적인 모습을 볼 때엔 나와는 다른 세상에 사는 사람들인 것 같았다. 경제적인 것뿐만 아니라, 삶을 살아가는 모습을 볼 때 늘 열정적이고 도전적인 삶을 살아가고 있는 사람들을 보면 자연스럽게 위축이 되었고, 나만 힘들게 하루하루를 사는 느낌까지도 받은 적이 있다.

블로그를 하면서 새로운 사람들을 많이 만나게 되었다. 1년 전부터 시작하게 되었는데 매일같이 글을 올리고 소통을 하다 보니 다양한 분야에서 이미 성공한 많은 분들도 만날 수 있었다. 성공의 기준은 지극히 주관적이겠지만 내 주관적인 생각으로 멋진 삶을 살고 있는 사람이라고 생각 드는 사람들을 볼 수 있었다. 그들의 삶은 늘 에너지가 충만했고, 열정으로 가득했고, 뭐든 자신 있게 해 나가는 것들을 느낄 수 있었다. 내 스스로 이루어낸 것이 많이 없다고 생각이 들었던 즈음에 그런 많은 분들을 보면서, 나 자신이 굉장히 위축되고 힘들었던 적이 있었다. 내가 이룬 것들이 분명 많이 있었음에도 불구하고 스스로를 격려하고 스스로에게 칭찬해주는 것에 소홀히 하다 보니 내 자신을 바라보는 시선이 흐려질 수밖에 없었던 것 같다.

이렇듯 나는 내 자신을 있는 그대로 바라보지 못하고, 남과 비교된 나는 쉽게 바라보며 힘들게 만들었다. 그럼으로 인해 자존감도 낮아지고 내 스스로에 대한 확신도 잘 서지 않게 되어 더 큰 꿈을 더 큰 그림을 그리지 못하게 되었던 적도 있다.

그렇다면 이런 비교의식에서 벗어날 수 있는 가장 좋은 방법은 무엇이 있을까? 내 주관적인 생각엔 자기 자신에 대한 자아존중감 즉, 자존감을 향상시켜야 한다고 생각한다.

　자존감이란 자아 개념의 평가적인 측면으로 자신의 가치에 대한 판단과 그러한 판단과 관련된 감정이라고 한다. 자신의 가치에 대한 판단 즉, 나의 존재에 대한 판단을 남에게 빗대어서가 아니라 자기 스스로 하는 것을 말한다. 지금 내가 어떤 모습으로 있건 있는 그대로의 나를 인정하고 지금의 내 모습을 사랑할 수 있는 용기만이 남의 기준에서 나를 맞추려는 것에서 탈피할 수 있을 것이다.

　얼마 전 김창옥 교수의 강연 영상을 보았다. 자존감을 높이는 방법으로는 강연을 해주셨는데, 간단하게 세 가지로 요약할 수 있다.

　첫 번째로는 자신의 힘으로 무언가를 성취했을 때 자존감은 높아진다고 한다. 아주 작은 것이어도 내가 달성하고자 목표를 달성한 후에 오는 성취감은 내 스스로를 대단한 사람이라고 느낄 수 있을 만큼 스스로에 대한 가치를 높게 평가를 하는 경향이 있다.

　두 번째로는 주변인들과의 많은 피드백이 필요하다. 내가 정말 잘하고 있는 건지에 대해 스스로 평가를 할 수도 있지만, 제 3자가 바라보았을 때 내가 어떤 점이 잘 한건지에 대해 듣게 되면 더욱 객관적으로 자기 자신을 바라볼 수 있다.

　마지막으로는 봉사로 남을 도울 때 자존감이 향상된다고 한다. 봉사와 기부는 나에게 이익이 되는 것이 단 하나도 없다. 오히려 봉사와 기부는 내 돈을 쓰면서 까지 내 몸을 힘들게 쓰기까지 한다. 그럼에도 불구하고 남을 도

외주었다는 생각과 기쁨은 그 어떤 감정보다도 더 따뜻한 마음을 갖게 한다. 이렇게 스스로를 높여주고 스스로에 대한 가치를 높게 평가할 때 우리는 수많은 비교와 괴리감에서 회복할 수가 있다고 한다.

실제로 교사시절 때, 여섯 살 남자아이가 몸집은 굉장히 큰데 행동은 굉장히 소극적이고, 느리고, 말도 어눌했다. 몸집이 작기라도 하면 조금 늦게 크는구나 싶기도 해서 이해가 되었을 텐데 몸집도 크다보니 왜 이것도 못할까 라는 오해도 많이 받기도 하는 것 같았다. 물론 그런 오해를 갖는 건 부모라고 예외가 아니었다. 왜 다른 자식들처럼 빨리 한글도 모르고 발표도 못하는 것 같고 몸집만 컸지 체육활동도 잘 못하냐며 하소연을 하셨다.

그러나 그 아이는 굉장한 미술 실력을 갖고 있었다. 그 때마다 나는 부모님께 칭찬을 드렸는데도 불구하고, '칭찬할 게 없으니까 이런 거라도 칭찬해주시는구나.' 라고 가볍게 생각하시는 듯했다. 실제로 상담 시에는 그 아이의 부족한 면, 옆집 아이와 비교했을 때 느린 한글실력에 굉장히 초조하고 불안해 보이셨다. 30여 분 정도의 어머니의 한탄을 다 듣고 나는 단 한마디의 말을 하였고, 그 한 마디를 들으신 부모님은 펑펑 우시곤 상담은 끝이 났다. 나의 한마디는 바로 "어머니, 수호의 속도에 맞춰주세요."였다. (수호는 가명이다.) 자신의 자녀의 맞는 시간을 맞춘 것이 아니라 다른 아이들의 속도에 자기 자식을 맞추고 있었다는 걸 깨달은 어머니는 다행히 그때부터 아이의 속도에 맞춰주시는 연습을 해주셨다.

결과는 놀라웠다. 미술을 잘하는 수호의 장점을 더욱 북돋아주심으로 인해 자신감도 점점 생겼고 그로 인해 친구들과의 관계에서도 훨씬 좋아지는 것을 볼 수 있었다.

남들과 비교하는 삶이 얼마나 나쁜 영향을 미치는지 보여주는 한 작은 사례였다. 내가 살아갈 시대 뿐만 아니라 앞으로의 자녀들이 살아갈 시대는 여전히 늘 경쟁의 연속이며 평가의 연속인 삶을 살 거라 생각된다. 아이가 자라서 자신이 하고자 하는 것에 대해 이루고자 하는 것에 대한 목표를 갖고 열심히 한걸음, 한걸음 나아가는 것은 당연히 멋진 일이다. 하지만 그 과정 속에서 남들보다 못한 모습이 보이거나 더 앞서나가는 사람들을 보면서 자기 자신을 비교의 저울질을 하진 않았으면 좋겠다. 그런 경쟁과 평가가 가득한 삶 속에서 거뜬히 이겨낼 수 있는 힘이 있었으면 좋겠다. 누가 만들어 놓았는지도 모르는 남들이 하니깐, 남들이 하는 게 멋져보여서 라는 이유로 틀에 맞춰져 있는 삶이 아니라, 정말 내 스스로를 높여 줄 수 있는 가치 있는 것들을 많이 느끼는 삶이 되었으면 좋겠다.

지난 날, 나는 어리석게도 소중한 내 자신을 한 없이 사랑해주지 않았고, 다른 사람의 것에 더 관심을 두고, 다른 사람의 시선으로부터 해방되지 못했던 마음이 가득했다. 내 자신을 남에게 드러내기 힘들었을 뿐만 아니라 내 스스로에게도 보이지 않으려 했던 지난 마음들이 얼마나 힘들었을까 생각해보니 눈물이 저절로 흐른다.

지금은 뻔뻔하리만큼 내 자신이 너무 사랑스럽고 좋다. 마치 한 번도 경험하지 못한 자유를 느끼는 기분이다. 내 자신을 사랑하는 마음이 커진 만큼 내 곁에 있는 사람들을 향한 사랑하는 마음도 배가 되었다. 이런 따뜻한 느낌의 온기를 오랫동안 느끼고 싶다.

다른 사람의
마음을 헤아려 주는 삶

"선생님! 제발 저한테 관심 좀 꺼 주세요."

얼마 전 '그 아이만의 단 한 사람' 저자 권영애 작가님으로부터 직접 친필 사인까지 해 주신 책 선물을 받았다. 설레는 마음으로 첫 장을 열어 보았더니 저 문장으로 책이 시작되었다. '관심 좀 꺼주세요? 선생님이 뭘 잘못했나?'라는 궁금증을 가지며 계속 글을 읽어 나갔다. 실제로 학생과 선생님이 나눈 저 대화는 작가님의 제자 중의 한 명이 일기장에 남긴 글이다. 선생님의 코멘트가 부담스러웠던지 굉장히 반항적인 태도를 보였다. 선생님은 아이에게 그렇게 생각한 이유를 물어보니, 어차피 선생님도 학기 초에만 관심을 갖고 조금 지나면 자기를 미워할 것 같기 때문에 괜히 친절한 척하지 말라는 뜻이었다. 제 3자의 입장에서 글로 읽었는데도 당황스러웠는데 직접 들었던 선생님의 마음은 얼마나 큰 충격이었을까 싶다. 그 아이가 그렇게 말한 이유는, 그 동안 있었던 자신에 대한 주변의 부정적 반응에 절망하고 있었기 때문이었다. 상처에 대한 두려움으로 이제는 그 어느 누구에게도 마음을 열지 않으리라는 그 아이의 실제 마음은 끝까지 관심받고 싶다는 뜻이었다. 끝까지 인정받고 싶은 마음을 그렇게 표현하고 있었던 것이다.

그 후 권영애 작가님은 포기하지 않고 일기장에 다른 아이보다 더 많은 응원, 격려, 지지의 말을 계속 써 주었고, 학년이 끝나갈 때쯤 자신의 마음을 알아준 선생님에게 저를 끝까지 사랑해 주셔서 고맙습니다라는 말을 전했다고 한다. 얼마나 감동스러운 이야기인지 모른다. 나 역시도 어렸을 때 이런 경험이 있었던 것 같다. 선생님과 부모님에게 예쁜 행동을 하기 보단 관심을 끌기 위한 행동을 했던 적 말이다. 결국엔 내 마음을 알아달라는 것인데 사실은 이런 모습은 비단 어린 아이들에게만 나오는 행동이 아니라 인간의 본능이 아닐까 싶다. 좀 더 나은 내가 되고자 하는 욕구와 동시에 상대방에게 인정받고자 하는 욕구는 인간의 본능이라고 했다.

꼭 다른 사람의 인정을 받기 위해서 삶을 살아가는 것은 잘못된 방향이겠지만, 상대방의 입장에 들어가 함께 공감해 주는 능력, 특히 가족이라는 울타리 안에서의 공감능력은 굉장히 중요하다고 생각한다. 가족 구성원끼리의 형성된 공감능력이 사회에 나가서 크게 작용될 수 있기 때문이다. 그러기 위해선 부모가 먼저 자녀에게 힘든 일이 있을 때 힘내라고도 말해줄 수도 있지만 힘들었구나 라는 말과 같은 코드의 감정을 읽어주는 게 중요할 것 같다. 정말 그 사람이 갖고 있는 감정을 읽어줄 수 있는 것이야 말로 그어떤 따뜻한 위로와 격려보다도 중요하다. 나는 신앙이 있기 때문에 당연히 같은 신앙을 가진 사람들을 접하는 경우가 많다. 그래서 종종 서로 권면을 해주는 적도 많은데 내가 힘들고 아플 때는 사실 신앙심을 더 갖기가 굉장히 힘들기 마련이다.

그럼에도 불구하고 믿음으로 이겨나가는 것이 맞지만, 내 믿음이 약한 탓인지 집중이 잘 안 된다. 그럴 때 많은 사람들이 기도해야 돼, 그럴 때일수록 성경 봐야 돼 라는 조언은 나를 정말 위로를 해주고 있는 건지 단순히 그냥 가르치려고만 하는 건지 아리송할 때가 있다. 당연히 위로가 되지 않고 더 반감만 갖게 되었다. 물론 고난 속에 축복이 온다는 것을 잘 알고 있다. 그러나 사실 사람이 굉장히 힘들 땐 정말 아무 소리도 들리지가 않는다. 힘듦을 빠져나올 수 있는 아무리 좋은 방법들도 그 당시엔 아무런 소용이 없다.

얼마 전, 한 지인을 만나게 되었다. 최근에 어머니가 돌아가신 줄만 알았는데 자세한 내막을 들어 보니 어머니가 돌아가시기 전까지도 태풍이 한바탕 휘익 쓸고 간 듯이 여러 가족들의 예상치 못한 병치레에 너무나 힘든 시간을 보내고 있었던 것이다. 이리저리 풍파에 휘둘리고 있었을 그 모습을 가까이 보고 있었던 한 집사님이 그 선생님에게 건넨 한마디가 나까지 위로를 받았다. 그 한마디는 바로 이럴 때일수록 기도해라, 성경봐라. 묵상해라 는 권면의 말이 아니라 "기도는 내가, 그리고 우리가 할 테니까 너는 너 몸부터 챙겨라. 맛있는 거 많이 먹고 잠도 푹 자라!" 라는 말이었다. 너무나 멋진 위로가 되는 말에 저절로 감동이 되었다.

나는 정말 다른 사람의 마음을 헤아려 줄 때 어떤 말을, 어떤 행동을 했을까 라는 생각을 해보았다. 아픈 사람에게는 힘내라, 할 수 있다는 용기 있는 말을 건넨 적은 많았던 것 같지만, 대신 아파해 줄게 라는 의미가 담긴 말 또는 마음을 가져본 적은 없던 것 같다. 그 이야기를 듣고 정말 많은 생각들이 변화되었다.

상대방이 아프고 힘들 땐 용기를 주는 것도 중요하지만 같이 아파주는 것 만큼 좋은 위로가 없구나 라는 생각을 말이다.

작년 봄 인터넷을 떠들썩하게 만들었던 한 부산의 초등학생 남자친구들이 있었다. 그 학생들이 다니고 있던 초등학교에서도 어느 학교와 다름없이 운동회를 열리고 있었다. 모두 공감하겠지만 운동회의 꽃은 제일 마지막에 하는 달리기다. 운동회가 끝나고 손등에 찍히는 도장의 숫자는 많은 이에게 자랑거리가 되곤 했다. 그만큼 손등의 숫자는 너나 할 것 없이 아니 아이, 학부모 할 것 없이 굉장히 중요하게 생각하는 것 중에 하나이다. 더군다나 승부욕 강한 남자아이들에게 달리기 순위란 자존심이 달려있는 굉장한 그 무엇이었을 것이다. 드디어 달리기가 시작되었고 한참 경기가 진행되고 있었던 중 한 친구가 실수로 넘어지고 말았다. 넘어졌다가 다시 일어나서 달리면 꼴찌로 도착하는 것은 어쩌면 너무 당연한 결과일 것이다. 그러나 한 친구가 넘어진 친구를 보고 기꺼이 일으켜주었다. 그 모습을 본 다른 친구가 열심히 달리다 말고 또 일으켜 주었고, 그 뒤로 덩달아 달리기 시합을 함께 했던 같은 반 친구들이 모두 함께 걸어주었다. 결승점에 도달해서는 넘어진 친구가 1등을 할 수 있도록 모두 함께 등을 밀어 주었다.그 모습을 본 선생님께서는 모두에게 1등 도장을 찍어 주시고, 운동회에 참석해 그 광경을 지켜보고 있었던 수많은 부모들과 아이들은 박수갈채를 보내었다고 한다.

남이 넘어져 쓰러지건 말건 내 앞길만 잘 가면 된다는 생각으로 살고 있었던 이기적인 어른들이 이 모습을 보고 어떤 생각을 했을까? 또는 뭐든 1등만이 중요하다고 강조하는 세상에 살고 있는 우리 모두가 그 모습을 보고 어떤 생각을 갖게 되었을까? 너무 감동스러운 마음이 든 것과 동시에 너무나 부끄러운 마음이 내 마음이 교차되었다.

운동회가 끝난 후 왜 그런 행동을 했냐고 어른들이 물어본 후 아이들이 말한 대답은 너무나 간결하고 명쾌했다.

"친구가 넘어졌으니까요. 아플 것 같아서 일으켜줬어요."

넘어지면 일으켜 줘야 한다는 것은 아마 5살 유치원 때부터 배웠을 만큼 너무나 쉽고 당연한 일인데, 어떻게 그렇게 할 수가 있지? 라고 생각하는 어른들이 어쩌면 아이들의 눈에는 더 이상하게 보였을 것 같다.

내 친구가 넘어지면 일으켜주고, 아프면 토닥여 주는 것. 힘든 사람에게 도움을 주는 것, 함께 옆에 있어 주는 것. 너무나 당연한 것인데 우리는 너무 쉽게 잊혀져 가는 것 같다.

수많은 경쟁 속에서, 나 혼자만 살아남아야 한다는 사회구조와 무엇이든 이기려고만 하고 상대방이 어떤 마음을 갖고 있건 말건 내가 더 잘해야 한다는 생각이 우리가 갖고 있는 본연적인 순수함을 가리고 있는 모습. 경쟁은 당연한 것이며, 목표를 향해 나아가는 것은 굉장히 중요한 일이다. 그러나 경쟁이라는 것도 혼자서는 경쟁이 될 수가 없다. 그 누군가와 함께 했기 때문에 결과를 낼 수 있는 것이다. 맹인은 맹인을 도와줄 수 없다. 맹인을 도와줄 수 있는 사람은 맹인이 아닌 사람이다. 내가 말하는 맹인은 단순히 신체적으로 장애가 있는 사람들을 뜻하는 것이 아니다. 내가 도와줄 수 있는 사람은 지금 내 상황보다 조금은 더 도움이 필요한 사람들이다. 지금 내가 아무리 안 좋은 상황이라고 생각되지만, 사실은 나보다 몇 배나 더 힘든 사람들이 참 많이 있다. 나 역시 모든게 다 힘들다고 생각했을 때 함께 곁에 있어 주었던 사람들이 참 많이 생각난다. 우리 아이 역시도, 저 부산의 어느 초등학교 학생들처럼 내가 1등이 되는 것이 중요한 것이 아니라, 자신보다 더 어려운 누군가와 함께 나란히 걸어 줄 수 있는 사람이 되었으면 좋겠다. 어쩌면 자녀가 누군가와 나란히 걸어주는 것과 같은 모습을 보았을 때 1등을 했다는 것 보다 더 기뻐하고 감동스러울 것 같다. 지금 현 시대에는 몇몇 소수의 사람을 제외하고 모두 자기 자신의 탐욕과 사리사욕만 채우려고 하는 많은 어른들로 이루어진 사회지만, 우리 아이들이 사는 세상에는 바보 같아 보여도 내가 걸어가고 있는 그 길의 옆도 뒤도 돌아볼 수 있는 지혜로운 사람이 리더가 되는 날이 올 수 있지 않을까? 라는 소망을 간절히 빌고 싶다. 먼저 혼자 가는 것보다 함께 같이 가는 것이 이 세상을 살아가는 가장 바보 같지만 가장 현명한 것이라는 마음을 말이다.

감사하고
또 감사하길

오늘은 나에게 있어서 너무나도 기쁘고 감사하고 행복한 날이다. 무슨 좋은 일이 있어서? 기념일이라서? 이유는 오늘이 오늘이기 때문이다. 오늘이 오늘이어서? 오늘을 맞이했다는 것은 내가 숨 쉬고 살아있다는 것이기 때문이다. 숨만 쉬게 되었나? 맑은 날씨 속에 화창한 햇님도 보았고, 사랑하는 사람들과 옆에 있을 수 있다. 우리는 모두 유한한 삶에 살아가고 있으며 누구나 다 삶을 경험하고, 죽음을 경험한다. 몇 천 년이 지난 지금까지도 인간은 유한한 존재임은 종교, 신념을 떠나 모두 다 인정하는 것이다. 아직 천국으로 데려가지 않으셨다는 것은 나에게 이 땅에 맡기신 소명이 있다고 생각하며, 이런 삶을 나에게 허락하신 오늘이 나에게 있어서 너무나 행복한 날이기 때문이다. 나는 아침에 일어나자마자 "감사합니다. 감사합니다. 오늘을 맞을 수 있어서 감사합니다." 라고 혼잣말을 하며 혼자서 실실 웃고, 늘 먼저 일어나는 남편에게 "안녕하세요?" 라며 장난스러운 90도 인사를 한다. 오늘이라는 시간을 나에게 주어진 것에 대한 감사, 오늘 하루 동안 수많은 일들에 대해 미리 감사하는 마음으로 말이다. 이런 마음가짐으로 하루를 시작하게 되면, 비록 안 좋은 일이 생겼더라도 어떤 좋은 일이 생기려고 이러지 라는 나도 모르게 기분 좋은 마음이 든다.

늘 '나는 왜 안 될까' '나는 왜 이렇게 힘든 가정환경에서 살게 되었을까.' 라는 생각이 가득 찬 생활을 한 적이 있었다. 가장 극에 달했을 때엔 온몸이 안 아픈 적이 없었고, 몸이 아프다보니 '나는 왜 이렇게 약할까' '나는 왜 다른 사람보다 빨리 지칠까.' 하며 내 몸을 또 한참을 원망하고 불평하고 있었다. 하지만 나도 언제까지나 그런 부정적인 생활을 갖고 싶지 않았다. 이런 안 좋은 마음에서 벗어나고자 아무리 자기개발서 관련 책을 읽어보아도 나에게 해당되지 않는 딴 나라 이야기 같았다.

그런데 읽었던 책 들 중에서 한 가지 공통점이 있었다. 어떤 이야기를 하든 바로 '감사 일기'에 대한 이야기였다. 도대체 어떤 힘이 있길래 모든 사람들이 장르에 상관없이 감사 일기에 대해 극찬을 하는지 나도 한번 경험해보고 싶었다. 또한 평소에 내가 살고 있는 모든 것에 감사함을 충분히 느끼고 표현하며 살고 있었는지 알아보고자 하루하루 꾸준히 감사 일기를 쓰게 되었다. 처음에 감사일기를 쓸 때엔 어색하고 참 힘들었다. 감사한 일이 아무것도 일어나지 않은 날도 있었고, 이럴 땐 억지로 감사하다고 하는건가? 어떻게 맨날 감사할 수가 있지 라고 말이다. 아무런 일도 일어나지 않은 날은 오히려 괜찮았다. 절대로 감사할 수 없는 안 좋은 일이 일어났는데도 감사해야 할 때엔 심지어 힘들기 까지 했다. 내 마음은 지금 평온하지 않은데 글로는 감사하다고 써야 하니 말이다. 그러나 이런 마음을 갖고 있었던 자체가 굉장히 잘못된 마음인 것을 깨닫게 되었다. 감사하는 마음이란 어떠한 감사한 제목들이 있을 때에만 하는 할 수 있는 것이 아니라 매 순간순간마다 하는 것이라는 것을 깨달았다. 내가 오늘 아침에 일어나서 눈을 뜨고, 손가락 발가락을 꼼지락 꼼지락 거리고, 웃을 수 있다는 자체만으로도 감사인 것이라는 것을 왜 그렇게 늦게 깨달았을까.

그렇다면 나에게 찾아온 고난도 감사가 될 수 있을까? 결론부터 말하자면 그렇다 이다. 잔병치레는 있었어도 그리 큰 병을 앓거나 한 적은 없었다. 그러나 몸이 심하게 아픈 사건을 계기로 아픈 사람들을 공감할 수 있는 마음이 생겼다. 그럼으로 인해 작은 것에 감사할 수 있는 마음이 생겼고, 자족할 수 있는 마음이 생기게 되었던 것 같다. 그런 아픔이 없었더라면, 정말 아픈 사람들의 마음을 내가 어찌 이해할 수 있었을까. 동기부여가, 강연가, 작가, 수많은 타이틀을 갖고 활동하고 있는 닉 부이치치는 팔과 다리가 없는 장애인이다. 팔이 없는 것만으로도 굉장히 힘든데 다리까지 없다. 그가 할 수 있는 일이라곤 무엇이 있을까? 그 어떤 일도 하지 못할 것이다. 그러나 그가 갖고 있는 최소한의 신체를 감사하며, 매 순간을 도전하고 또 도전하고 있다. 그런 모습을 본 비장애인들은 실로 창피할 수밖에 없을 것이다. 두 팔, 두 손, 두 눈, 모든 것을 다 갖고 있는데도 불구하고 우리는 모든 것에 불평하고 불만을 하고 있기 때문이다. 더 많은 것을 갖지 못했다고, 더 많은 것을 누리지 못한다고, 여유롭지 못하다며 우리는 매 순간 감사가 아닌 매 순간 불평을 하며 행복한 삶을 살지 못하고 있다.

자족할 줄 아는 이가 진정 행복한 사람입니다 라는 한 문장을 읽고부터 내가 갖고 있는 행복이라는 정의가 참으로 부끄럽다고 느꼈다. 자족이란 스스로 넉넉함을 느낌, 스스로 만족하게 여김을 뜻한다. 내가 내 자신을 있는 모습 그대로 감사하는 사람만이 그 삶은 그 누구보다 행복한 삶일 것이다. 어느 날 블로그에서 블로그 이웃님이 감사 릴레이 라는 것을 신청해 주셨다.

감사 릴레이란 내 삶에 감사한 것 10가지를 적어보는 것이었는데 지난 내 삶을 돌아보는 아주 좋은 시간이 되었다.

다시 짧게 요약하여 보면, 나의 첫 번째 감사는 신앙이 있음에 감사했다. 하나님을 사랑하는 마음과 이웃을 사랑하는 마음을 주시고, 우리 부부가 한 마음으로 한 방향을 바라볼 수 있는 믿음 주심에 감사하다. 내 삶에 신앙을 갖게 하신 건 정말 큰 은혜와 감사이다.

두 번째는 부모님께 감사했다. 양가 부모님 모두 건강하게 살아계시고, 늘 자식 걱정만 해주시는 그 사랑에 감사하며 새벽마다 우리 부부를 위해 기도해주시는 마음은 언제나 보아도 들어도 감사와 감동이다.

세 번째는 하나밖에 없는 나의 배우자, 남편에게 감사하다. 너무나 부족한 아내를 늘 격려해주고 응원해주고 지지해주어 내가 조금씩 성장할 수 있었던 것 같다.또한 항상 같은 방향을 바라보며 미래를 꿈꿔나가는 삶에 참 감사하고, 남편의 모든 것을 본받을 수 있음에 감사하다.

네 번째는 나의 지나온 어린 시절에 감사하다. 유년시절 그 누구보다 많은 사람들에게 사랑 받았다고 말할 수 있을 정도로 참 행복했다. 심지어 아직도 유치원 담임선생님이 생각날 정도면 어렸을 때부터 많은 귀한 분들의 도움의 손길 덕분에 내가 이렇게 성장할 수 있는 것 같다. 선천적으로 늘 약해서 잔병치레도 많고 지구력도 늘 부족한 아이였지만 지금까지 이렇게 성장할 수 있었던 것은 유년시절이 있었기 때문이라 생각한다.

다섯 번째는 나의 학창시절에 대한 감사다. 놀기도 많이 놀고 추억도 많았던 학창시절이었다. 아직도 10년 전, 20년 전 친구들과 연락하며 그때를 회상하며 웃는 것을 보면 행복했던 순간이 많았던 것 같다.

여섯 번째는 나의 20대에 감사하다. 20대 때에는 유아교사로 아이들과 지낸 것 밖에 없는 듯이 일에 몰두하였다. 이제 막 사회에 나와 아무것도 몰랐던 초보 교사가 귀한 많은 아이들을 맡겨주시고, 여러 좋으신 학부모님들의 사랑 속에 더욱더 성장하는 선생님이 될 수 있었다. 결혼식 때에도 수많은 학부모님들이 결혼식 장소를 가득 채웠던 것을 보면서 얼마나 감동과 감사가 넘쳤는지 모른다.

일곱 번째는 지나온 나의 과거들에게 감사하다. 그 당시에 너무나 힘들다고 생각하는 그 모든 순간순간이 지나고 보니 나에게 귀한 깨달음이자 감사 제목들이었다.

여덟 번째는 나의 현재에 감사했다. 지금 내가 경험하고 느껴지는 모든 것들에 대해 한 없이 감사하는 시선을 가짐으로써 많은 사람을, 많은 것들을 사랑할 수 있음에 너무나도 감사하다. 사랑하는 마음으로 바라보니 이 세상에 미워할 수 있는 것들이 없고 그저 감사한 마음만 가득하게 되었다.

아홉 번째는, 앞으로 다가올 나의 미래들에 미리 감사하다. 얼마나 멋진 일들이 펼쳐질지 생각만 해도 심장이 두근거리고 떨린다. 내가 이루고자 했던 목표들이 이루어짐에 참 감사하다. 앞으로도 지금 내가 이루고자 하는 소망, 꿈 들이 모두 다 이루어질 것이기 때문이다.

마지막으로, 사랑스런 나의 자녀들에게 감사하다. 앞으로 함께 할 날들을 생각해보니 벌써부터 떨리고 행복하다. 얼마나 예쁠까, 얼마나 사랑스러울까, 얼마나 귀할까. 하나님이 나에게 맡겨 주신만큼 많이 표현하고 사랑하고 싶다. 또한 항상 많이 사랑받은 만큼 매 순간 겸손하게 감사할 줄 아는 아이가 되었으면 좋겠다. 받은 사랑으로 많은 사람들을 사랑할 줄 알고, 비올 때 우산이 필요한 사람에게 우산을 씌어 줄 수 있는 그런 사람, 비가 올 때 비가 온다고 투정 부리는 게 아니라 비가 올 때 우산이 있음에 감사하고, 그 우산으로 다른 사람과 함께 비를 피할 수 있다는 사실에 감사할 줄 아는 아이가 되었으면 좋겠다.

나의 가장 큰 꿈으로는 자녀에게 부모를 통해 배운 삶 중에 가장 멋진 일을 뽑으라면 항상 감사하는 부모님에게 배운 "감사"가 제일 감사하다고 느꼈으면 좋겠다. 항상 감사가 넘치는 가족, 감사한 이야기로 시작해 감사한 이야기로 끝나는 대화, 감사 제목을 서로 이야기 하겠다고 앞다투어 싸우는 귀여운 모습, 앞으로 내가 꿈꾸는, 그리고 만들어갈 가족의 모습이다.

주어진 삶의
소명을 찾아

우리 아이에게 하나님이 주신 소명은 무엇일까??

무엇에 가장 심장이 떨리는 것을 만날 수 있을까? 어쩌면 가장 궁금하고 기대되는 것 중에 하나이다. 우리 모두는 각자에게 주어진 천재성이 있다. 나에게 잠재되어 있는 뛰어난 능력이 하나쯤은 분명이 있다는 뜻이다. 사실 우리나라의 문화에서 그 천재성이 곧 직업 그리고 수익으로만 연결되어 생각하기 때문에 수익이 적거나 평판이 좋지 않다고 생각하면 아무리 내가 좋아하고 잘하는 것이라고 해도 외면하는 경우가 많이 있는 것 같다.

그러나 내가 생각하는 소명이란, 직업을 뜻하는 것이 아니다. 소명이란 이 세상에 내가 태어난 존재의 이유, 곧 인생의 뚜렷한 목적의식을 갖는 것. 성공 지향적인 삶을 넘어 진정 의미 있는 인생을 사는 것이다. 하지만 자기를 의지하는 인생은 항상 기대에 못 미치며, 세상을 부정하는 해결책은 결국 진정한 해답이 될 수 없다. 오스기니스의 소명이라는 책의 몇 문장을 소개하고 싶다.

"소명이야 말로 인간 경험 중 가장 포괄적인 방향 전환이며 가장 심오한 동기부여, 곧 모든 역사에서 삶의 궁극적인 이유가 된다. 소명의 삶의 궁극적인 목표를 이 세상 너머에 설정함으로써 신앙의 시대들과 신앙의 인생들을 시작하고 끝맺는다. 소명에 응답하는 것이 인생의 중심 목적을 발견하고 그것을 성취하는 길이다."

이처럼 소명을 갖는 다는 것은 내 삶의 목표, 존재의 이유가 되는 것이다. 우리가 이 소명이 모호하고 흔들리게 될 때 내 존재 자체에 대해서도 역시 모호해지고 흔들리게 되는 것이다. 진정 내가 이 세상에 태어난 이유를 알아가는 과정이야 말로 내 삶을 올바른 방향으로 갈 수 있는 것이라 생각한다. 그러나 그 과정이 그리 쉽지만은 않을 것이다. 전혀 생각지도 못한 방향으로 흘러갈 수도 있고 긴 시간이 필요할 수도 있으며, 누군가에는 3년 걸릴 일이 누군가에는 30년이 걸릴 수도 있다.

하지만 분명한 것은 우리 각자에게 주어진 삶의 소명을 찾는 과정 역시도 돌아보면 가장 행복한 순간이라고 느낄 수 있을 것이다. 나 역시도 나의 명확한 소명이 무엇인지 늘 고민해 왔다. 혹여는 하고 싶은 것이 별로 없어서 고민이라고 하지만 나는 그와 반대로 하고 싶은 것이 너무 많아서 무엇을 집중적으로 해야 하는지 늘 고민이었다. 좋아하는 것에는 그 누구도 막지 못하는 끈기가 있었기 때문에 하겠다고 생각했던 것들은 꼭 목표를 달성했던 것 같다. 고등학교 때 진로를 두고 많이 고민했었다. 미술을 좋아했고, 아이들을 좋아했다. 마지막까지 고민하다 뒤늦게 미술을 시작했고, 진학을 하였다. 그러나 진짜로 내가 원하던 것은 내가 그림을 그려서 행복한 것이 아니라, 다른사람이 표현하여 스스로 성취감을 느낄 모습에 더 기뻐했다. 그러던 중 인도하심으로 아이들을 가르치게 되었고, 그것이 발판이 되어 진정 내가 원하고자 하는 일을 할 수 있었다.

유아교사 담임을 맡았을 때 나는 이상하리만큼 마음이 아픈 것 같은 아이들이 더 관심이 갔었다. 모든 교사가 너무 힘들어하는 소위 말하는 기피대상 1호 아이에게 나는 더 마음이 쓰였다. 저 아이가 왜 그렇게 행동할까, 진짜 원하는게 뭘까, 어떻게 해야 행복하다고 느낄까? 라는 생각에 1분1초가 바빴다. 사실 그런 아이들은 말과 행동이 참 과격하다. 반대로 너무나 소극적인 성격에 친구들과 선생님과 다가가기에 어려워하는 아이들도 있다. 때문에 친구들과의 관계도 좋지 않고, 교사들과의 관계도 당연히 썩 좋지 않다. 그러나 그런 아이들 역시 '아이들'이다. 아직 미완성된 모습이 가득한 아이들인 것이다. 그런 아이들에게 나는 스스로 본인을 대단하다고, 멋지다고 느낄 수 있도록 도와주고 싶었다. 본인 스스로를 자기가 그렇게 생각하게 되면 상대방을 그렇게 대해주는 것은 자연스레 연결되기 때문이다. 스펀지 같은 아이들의 흡수력으로 뭔들 못할까. 가장 좋은 방법으로는 너무나 쉽고도 너무나 어려운 사랑과 관심. 무슨 말을 하든 늘 들어 주었고, 무슨 행동을 하든 하고 싶은 대로 맘껏 펼칠 수 있는 "기회"를 많이 만들어 주었다. 늘 제재만 당하고, 그건 틀렸어! 라는 말과 환경에만 있다가 정말 자신이 좋아하는 것에 인정받는다는 느낌이 든 순간부터 말과 행동에서 자신감이 생겼고 생기가 돌았다. 과격한 행동을 하는 아이에게는 정말 하고 싶은 말이 무엇인지 다른 아이들에게 양해를 구하고 긴 시간을 투자해서 들어주었고, 그림으로도 표현할 수 있도록 매일 반복적으로 하였다. 신학기에 모든 교사들이 기피했던 아이들이 졸업할 때 되서는 제일 모범생, 우등생으로 졸업하는 모습은 교사시절을 통틀어 가장 보람 있고 행복했던 순간이 아닐 수가 없다.

연애시절에 남편이 나에게 느꼈던 좋았던 중에 하나는, 항상 좋아하는 게 많고, 하고 싶은 것도 많은 모습이었다고 한다. 좋아하는 게 많고 하고 싶은 게 많은 것이 무슨 매력이 될 수 있을까마는 그 속을 들여다보니 남편은 하고 싶은 것, 좋아하는 것, 심지어 먹고 싶은 것들이 그리 뚜렷하지 않았다. 지금은 주말마다 맛집을 찾아다니는 남편으로 변했지만, 과거에는 굳이 맛집을 찾아간다거나 하지 않았다.

사실 연애시절 때 남편의 인생 중 가장 힘들고 고민 많았을 때 나를 만나게 되었다고 한다. 반면, 이것도 저것도 하고 싶고 좋다고 하는 내가 참 신기하기도 하고, 부럽기도 했었던 것 같다. 그 당시 자신에 대한 확고한 확신이 없던 남편이 왜 그렇게 힘들어 하고 고민이 많았는지 알 것 같았다. 신앙을 갖고 있었지만 가족 중에 아무도 믿지 않고 혼자 신앙생활을 하면서 느꼈을 힘듦과 괴리감도 함께 찾아왔던 것 같다. 나는 남편의 삶에 기쁨과 행복을 선물하고 싶었다. 좋아하는 것에 함께 동참해 주었고 하고 싶은 것에 응원을 보냈다.

자신의 삶의 본질에 집중하다 보니 함께 가고 싶은 방향과 목적을 서서히 찾을 수 있었다. 그만큼 함께 고민한 시간 덕분인지 결혼하고도 같은 방향을 바라보며 갈 수 있었다. 나는 그 때부터 깨달았다. 상대방이 자신이 특별하다고 느끼도록 진심으로 노력하는 것이라는 나에게 주어진 소명이라는 것을 말이다. 작지만 상대방에게는 인생을 변화시킬 만한 큰 계기가 될 수 있다. 나 역시도 상대방에게 받은 작은 호의와 사랑이 나의 인생에 있어서 큰 변화를 가져올 수 있는 것들이 참 많았기 때문이다.

자신의 소명이 분명하다면 그 어떤 관계에서든, 어떤 분야에서든 귀하게 쓰여질 수 있다. 우리 자녀들이 자신에 대한 두려움을 갖지 말고 자신이 이루고자 하는 소명에 대해 도전하는 삶이 되기를 바란다. 내가 해야 할 것과 하지 말아야 할 것, 정말 중요한 것과 중요하지 않는 것을 분별할 수 있는 지혜가 있기를 역시 바란다. 이 세상 부귀영화가 아닌 백성을 잘 다스릴 수 있는 분별하는 지혜를 달라고 한 솔로몬 왕처럼, 정말 자신이 구하여야 할 것들을 구할 줄 아는 사람이 되기를 바란다. 나 역시도 엄마로서, 아내로서, 여자로서, 나에게 맡겨진 역할과 책임을 다하도록 다시금 점검하고 노력해야겠다는 생각이 든다. 하나님께서 아이들을 나에게 맡겨주심으로 해야 할 소명, 배우자와 함께 지낼 수 있도록 해주심에 맡겨진 소명, 엄마, 아내이기 이전에 나 자신에게 주어진 소명을 다 할 수 있도록 말이다. 하지만 어쩌면 세상은 그런 역할을 잘 할 수 있도록 가만 두지 않는 것 같다. 수없는 비교와 경쟁, 부와 명예가 우선이라는 문화에 둘러싸인 우리가 늘 잊지 않고 가져야 할 생각과 마음, 그리고 이 세상을 살아갈 때에 중요한 나의 가치에 대해 늘 고민하고 바라볼 수 있도록 해야겠다. 우리 모두는 각자에게 주어진 역할과 뜻이 있다. 그 속에서 나의 달란트 모든 것을 펼칠 수 있었으면 좋겠다. 주어진 삶 속에서 정말 해야 하는 것을 찾는 그 행복한 과정 속에 함께하길 바란다.

일상속에서
찾을 수 있는 감사

우리는 살면서 관심사가 아니었던 것들이, 잘 보이지 않았던 것들이 관심사가 된 후부터 잘 보이게 되는 경우가 많이 있다. 감사 제목들도 마찬가지일거라 생각한다. 아무렇지 않게 흘러가는 일상속에서 어찌 보면 감사할 것이 잘 느껴지지 않을 수 있지만, 조금만 관심을 두다보면 우리의 일상 속에서의 감사 제목은 수도 없이 많다. 감사해야 할 사람뿐만 아니라 상황과 자연, 가족, 직업, 이웃, 책, 건강 등 분야를 나누자면 아마 끝도 없을 것이다. 감사하기에 맛을 본 뒤부터는 하루의 시간동안 감사한 것을 찾는 것에 시간 가는 줄 모르는 경험을 모두 누렸으면 좋겠다. 글로 표현하자면 끝도 없겠지만 오늘은 일상에 느낄 수 있는 너무나 당연하다고 생각했던 자연과 가족, 사회에 대한 감사를 말하고 싶다.

먼저, 가장 당연하다고 느낄 수 있는 것은 아마 우리가 의식적으로 느끼지 못하는 자연에 감사하자고 말하고 싶다. 평소에 내가 어떠한 것도 지불하지 않고 매일 느끼는 물, 공기, 햇빛, 바람 등 우리에게 절대 없어서는 안될 것들이다. 버튼만 누르면 콸콸 물이 나온다. 일상에서 생활 하려면 너무나 당연한 것이지만, 만약 이런 물이 없었다면 우리가 지금 과연 살 수 있었을까? 봄에만 찾아오는 줄 알았던 황사와 미세먼지는 불과 몇 년 사이에 계절에 관계없이 수시로 찾아오면서 우리를 힘들게 했다. 호흡기 질환 환자들은 매 해 늘어났고, 아이들의 잦은 감기와 거센 기침은 엄마들로 하여금 불안을 떨게 했다. 요즘은 이틀 중 하루만 맑은 날씨를 만나도 얼마나 감사한지 모른다.

어쩌면 그 동안 맑은 공기, 맑은 날씨가 당연했기 때문에 크게 감사한 마음을 못 느낀 건 아닐까. 아무리 과학이 발달하고 경제가 발달했다고 해도 우리에게 주어진 자연은 인간의 영역이 아니다. 자연이 주는 이로움에 감사하자.

어느 봄날, 집 앞 공원을 산책하고 있었다. 빨강, 노랑, 분홍의 형형색색들의 꽃을 본 순간 얼마나 경이로웠는지 모른다. 매년 봄마다 피던 꽃이었는데도 불구하고 감사의 마음으로 바라보니 봄에 꽃을 피게 해 주심에 너무 감사했다. 매년 잎과 꽃이 피지 않은 삭막한 나뭇가지로만 이루어진 나무들로만 가득했다면 우리에게 주어진 사계절은 참 삭막했을 것이다. 매년 봄마다 예쁜 꽃을 봄으로 눈이 행복하고, 좋은 향기를 맡으며 코가 행복하지 않나. 꽃이 피고 꽃이지는 너무나 당연한 것들이지만 보이지 않는 곳에서 자연이 주는 이로움과 자연의 순리에 감사하다. 꽃이 피기까지에는 기대할 수 있는 마음이 있고, 꽃이 지기까지에는 다음을 기다릴 수 있는 인내의 마음을 가질 수 있으니 얼마나 감사한가. 나무에 열매가 맺어 수확하게 되는 것에도 매 순간이 기적이 아닐 수가 없다. 비가 와줌으로써 많은 식물들이 잘 자랄 수 있고, 공기를 더욱 맑게 해줌에도 감사하다. 다시 햇살이 비추면서 필요한 곳들에게 좋은 영양분을 전해주고 사람역시도 내 몸에 비타민 D가 만들어 지면서 더 건강할 수 있음에 감사하다. 실제로 햇빛을 적당히 쬐어준 사람과 그렇지 않은 사람의 우울의 정도는 많이 차이가 난다는 연구결과까지도 있다. 그 만큼 자연은 우리 인간에게 이로움을 주는 존재임에 틀림없다.

오늘은 정말 감사할게 없다고 느낄 때 내가 오늘 숨 쉬고 햇빛을 보고 바람을 쐴 수 있다는 것에 감사하는 마음을 가져보는 것은 어떨까. 아마 이 세상이 너무나도 신비롭고 나를 위해 존재하는 듯한 마음이 들 것이다.

또한 가장 당연하게 주어진 가족에 대해 감사 할 수 있다. 나를 이 세상에 태어나게 해주신 부모님께 감사할 수 있다. 낳아주신 것, 길러주신 것, 살아오면서 받은 여러 것들. 그리고 지금 건강하게 지내신 것에 감사하자. 어제 저녁, 갑자기 친정엄마가 주차장이니 잠깐 나오라는 전화를 받았다. 무슨 일인가 싶어 갔더니 반찬, 국, 심지어 디저트까지 해서 가져와 주신 게 아닌가. 말로 설명할 수 없는 부모님의 관심과 사랑에 울컥하고 감사하다. 어렸을 때는 부모님의 직업이 나까지 영향을 미치는 것 같아 참 싫고 밉기도 했다. 목사 자녀라고 하면 생각보다 꽤 많은 사람들의 시선과 주목을 받는다. 관심을 받는다는 것은 감사한 일이기도 하지만 상처로 남기도 했다. 그러나 지금 생각해보면, 어렸을 때부터 많은 어른들을 만나면서 어른들을 대하는 예절도 몸소 체득하게 되어 사회 생활에 나가서 나도 모르게 유용하게 사용하기도 했다.

늘 당연하다고 생각했던 신앙도 우리나라에서 얼마나 감사한지 모른다. 20살 때 카자흐스탄에 2주간 선교를 다녀온 적이 있다. 카자흐스탄은 개신교가 2%밖에 되지 않고 정부가 개신교에 대하여 강하게 통제하고 있는 나라이다. 심지어 법적으로 등록되어있는 선교사분들에게도 법적인 검열과 제제를 하는 곳이다. 그래서일까, 법적으로 정당한 신고를 하였는데도 불구하고 선교 여행 중 경찰들이 들이닥쳐 여권을 하나하나 살펴보며 아무것도 모르는 우리는 1-2시간을 벌벌 떨었다. 그때 종교의 자유가 주어진 우리나라에 사는 것에 참 감사했다. 어떤 종교를 믿든 각 개인의 자유를 맡기는 나라에 태어남에 말이다.

그 뿐만이 아니다. 우리나라같이 IT강국에 사는 덕분에 우리는 어디서나 자유롭게 인터넷을 사용할 수 있으며 엄청나게 빠른 속도로 정보를 교류할 수도 있다. 빠른 IT 발달로 인해 경제가 성장한 것은 물론이며, 여러 분야에 국한되지 않고 누구나 편하게 사용할 수 있게 되었다. 이렇게 발전할 수 있었던 것은 우리보다 먼저 이 나라를 일구어주신 많은 인생의 선배님들로 인해 우리가 편하고 좋은 세상에 살 수 있다고 생각한다.

내가 존경하는 목사님은 네 명의 아들이 있어 네 명의 아들들을 군대에 보내셨다. 네 명의 아들을 군대에 보낼 때마다 아들들에게 하신 말씀을 듣곤 우리나라에 대해 다시 생각하는 계기가 되었다. 그 동안 많은 인생의 선배님들이 뿌린 희생의 땀과 눈물을 정당한 방법으로 멋있게 갚고 오라는 말씀이었다. 우리가 이렇게 독립적이고 자주적인 나라가 될 수 있었던 것도,

좋은 물건들과 편하게 생활할 수 있었던 것들도 앞서 살아가신 많은 분들 덕분에 누리게 되었다는 것이다. 이름만 들어도 아는 위대한 위인들로부터 시작해서 이름과 얼굴도 모르지만 많은 분들로 인해 우리가 편안한 생활을 할 수 있는 것은 누구나 다 인정하는 사실일 것이다. 그 분들의 희생 덕분에 우리가 이만큼 잘 살게 되었다. 지나온 시간 보이지 않는 시간이기에 더욱 쉽게 잊혀질 수 있지만, 감사하는 마음을 잊지 않도록 사는 우리가 되어야 할 것이다.

일상 속에서 당연한 것에 대한 감사하는 마음을 갖고 나서부터 하루의 시간동안 감사한 것을 찾는 것에 시간가는 줄 모를 때도 있다. 이런 나의 소중하고 따뜻한 경험을 아이와 함께 누렸으면 좋겠다. 아울러 나중에 자녀들이 살아가는 이 세상은 참 아름답고 따뜻하고 감사함이 넘치는 세상이라는 생각을 꼭 가졌으면 좋겠다. 나 자신을 있는 그대로 믿고 사랑할 수 있음에 감사하며 온 세상을 있는 그대로 받아들이고 사랑하고 감사할 수 있는 그런 삶을 살다보면 내게 없는 것 보다 내게 주어진 것에 감사하는 삶으로 말이다.

내가 지금 있는 것 보단, 항상 부족한 것이 더 눈에 들어오기 마련이다. 그때마다 너무나 쉽게 당연하게 내 곁에 존재하는 일상에서의 감사의 축복을 누리며 생각한 것보다 내가 갖고 있는 것이 훨씬 많은 것을 갖고 있는 것을 깨달을 것이다.

나 역시도 우울했던 지난 날을 돌아보면 이것도 부족한 것 같고, 저것도 부족한 것 같은 생각에 휩싸였던 적이 있다. 남들보다 이것도 모자란 것 같고 저것도 모자란 것 같은 마음에 외향적인 성격인데도 불구하고 사람들 앞에 나서기도 힘들어했던 것 같다. 어렸을 적 주일학교에서부터 배웠던 항상 '기뻐하라, 쉬지말고 기도하라, 범사에 감사하라.'는 말씀을 어찌나 그렇게 외면하고 살았던지. 범사에 감사하라는 말씀을 되새기며 내가 지금 글을 쓰는 이 시간, 이 순간도 놓치지 않고 감사하고 싶다. 매일매일 행복해지고 놀라운 기적을 체험하고 싶다면 일상 속에서 감사하는 습관을 갖자.

제5장
우리 만나는 그 날

온 마음을 다해
사랑한다

아이 네 명을 키우고 있는 연예인 정혜영 씨의 한 프로그램 인터뷰 내용이다. "아이 넷을 키우고 있으면 힘들지 않아요? 어떻게 혼자서 케어 하시고 계시나요?" 답변은 간단했다. "당연히 체력적으로 힘들 때가 많이 있죠. 그러나 아이들과 함께 하는 시간이 길다고 생각하지 않아요. 함께하는 시간 동안에는 엄마의 손으로 키우고 사랑해주고 싶어요."

이 말을 통해서 이 분이야말로 시간을 소중하고 의미있게 사용할 줄 아는 사람이구나라고 생각했다.

거기다 더해서 남편 션의 인터뷰 내용은 상대방으로 하여금 아무런 대꾸를 할 수 없을 만큼 분명한 무언가가 있었다. 사회자가 션에게 "어떻게 매일 그렇게 아내와 아이들을 사랑해 줄 수 있어요?'라고 물었고 선은 문제의 정답을 맞추 듯 명확하고 분명한 태도로 이렇게 답해주었다. "매일을 마지막 날이라고 생각하면서 살아요. 내일 보지 못할 수도 있는데 마지막 모습이 싸운 모습이라면 얼마나 속상하겠어요?" 선은 남편으로서 그리고 아빠로써 최고로 사랑해 주는 모습을 마지막으로 남기고 싶다고 했다. 얼마나 멋진 모습인지 모른다.

연애할 때는 100일, 200일과 같은 기념일을 내가 주로 챙겼었다. 하지만 결혼한 이후엔 오히려 남편이 결혼 1,000일, 결혼 1,200일 등등. 이렇게 하루하루 핸드폰에 기록을 하며 매일 저장을 하고 있다. 함께하는 시간이 무한하지 않는 것을 잘 알기에, 우리끼리의 함께했던 시간을 축하하고 감사하게 여기는 마음에서 시작한 것이라고 한다. 어느날 남편이 갑자기 꽃 한다발을 가지고 집에 들어왔다. 아무런 기념일도 아닌데 꽃을 가지고 온 모습을 보고 놀라서 물으니, 오늘이 결혼 한지 1500일이라고 하는 거다. 그 자리에서 배꼽을 잡고 얼마나 한참을 웃었는지 모른다. 누가 들으면 정말 닭살 중에 닭살이라고 손사례를 칠 대사였다. 표현하는 것을 힘들어하던 남편이 이렇게까지 변한 모습을 보고 어찌 사랑하지 않을수 있을까 싶다. 또 그런 남편의 모습을 보면서 나 역시도 매일 주어지는 하루의 시간들을 최선을 다해 사랑하며 살아야겠다는 생각을 했었다.

아이가 태어난 이후에도 이와 같은 마음가짐으로 살고 싶다. 우리가족이 함께 한 날들을 함께 세기도 하면서, 그동안의 날들이 우리 모두가 함께 사랑한 날이었다고 기억되었으면 좋겠다. 물론 함께 살다보면 서로의 마음에 상처를 줄 수 있는 날도 오겠고, 상대방으로 인해 힘든 날도 올 수도 있겠지만 그런 날보다, 함께 사랑했던 시간이 훨씬 더 많았다고 생각이 들었으면 좋겠다. 자녀에게 가장 기억되었으면 하고 바라는 모습은, "우리 부모님은 참 사랑이 많은 분이셨다." 라고 자녀의 마음속에 남겨지는 것이 나의 마지막 꿈이다. 나중에 내가 하늘나라로 떠나도 후회 없이, 부모님께 원 없이 사랑받았다고 말 할 만큼, 든든한 무언가가 있었으면 좋겠다.

어디 후회 없는 사랑이 있을 수 있을까? 그게 꼭 사람뿐이랴. 결혼 전 13년 동안이나 키우던 반려견이 내가 결혼하고 나서 무지개 다리를 건넜다. 유기견이였기에 더 아낌없이 사랑해주겠노라 다짐 했었지만, 생각해보면 바쁜 생활 속에 관심을 많이 가져주지 못했다는 생각이 들었다. 반려견을 키우는 분들은 공감이 되겠지만, 반려견을 10년 이상 키우다 보면 사실상 강아지라는 느낌보다는 가족의 한 구성원으로 생각이 들 수밖에 없다. 마치 사람처럼 말이다. 그런 아이가 무지개 다리를 건너갔다는 것은 사실 상상이 안되었기에 한동안 얼마나 힘들었는지 모른다. 하물며 강아지에게도 이렇게 많은 후회가 남는데, 사람이라면 오죽할까.

앞으로 만들어갈 가족과 후회 없는 사랑을 하고 싶다. 자녀들로 하여금 부모에게 원 없는 사랑을 많이 받았다고 고백할 수 있는 삶. 상상만 해도 참 멋진 삶이겠다. 오늘은 길지만, 한 달은 짧고 한 달은 생각보다 훨씬 짧고, 인생은 그보다 더 짧다. 고로 우리는 모두 사랑만 하기에도 부족한 시간속에 살고 있는 것이다.

사랑만 하기 에도 부족한 시간이라는 문장이 내 마음에 들어오기까지엔 많은 시간이 흘렀던 것 같다. 실제로 그런 마음으로 바라보니, 세상의 모든 것들, 모든 사람들이 예뻐보이기 시작했다. 우당탕탕 큰 발자국 소리를 내며 소리를 지르며 지나가는 옆집 꼬맹이들도 예쁘고, 길거리에 돌아다니는 고양이도 예뻐 죽겠고, 하늘에 날아다니는 새까지도 예뻐 보였다. 이런 마음으로 세상을 바라본다면 "삶이 어찌 소중하게 생각하지 못할 수가 있을까?"란 생각이 들었다. 나 역시도 관계 면에서 실패한 일들도 많이 있었다. 사람을 미워하기도 하고, 연락을 끊기도 한 적도 있었다. 물론 늘 상 있었던 일은 아니었지만, 지금이라도 미워한 나의 마음을 치유해주고, 죄책감에 대해서도 용서를 해 주려 한다. 나 역시도 나를 만날 수 있는 날이 많이 있지 않을 수 있기 때문이다.

최근에 MBC에서 나왔던 "사랑"이라는 다큐멘터리 프로그램을 다시 보게 되었다. 위암말기에 두 아이를 키우며 풀빵을 팔며 생계를 유지하고 있는 한 엄마의 사연이었다. 아빠의 부재로 인해 아픈 몸에 생계까지 책임져야 했던 엄마는 낮에는 풀빵을 팔며 아이들을 양육하고 있었다. 그 모습을 보고 참 마음이 아프고 눈물이 많이 났다. 하지만 그 가정에는 누구도 설명할 수 없는, 누구도 이해할 수 없는 밝음과, 따뜻함을 발견할 수 있었다. 엄마가 아프다는 사실을 이미 알고 있는 6살밖에 되지 않는 첫째 딸 아이는, 엄마를 기쁘게 해주겠다고 고사리 같은 손으로 설거지는 물론이거니와 남동생 밥까지 챙겨 먹이는 것 까지 도맡아 하고 있었다. 겨우 6살 된 아이가 누구를 챙겨줄 수 있다는 게 어디 가능이나 할까? 아마 상상도 되지 않을 것이다. 엄마 역시도 아픈 사람이라는 것이 믿겨지지 않을 정도로, 밝고 희망적인 모습이었다. 아이와 함께 할 수 있는 시간 동안에는, 아낌없이 사랑을 주고 싶다는 엄마의 마음 덕분이었다. 그 가정의 사연을 보면서 더욱, 앞으로 만들어갈 우리가정의 식구들에게 아낌없이 사랑해야겠다고 다시 한 번 다짐하게 되었다. 또한 지금 현재 가족들과 더욱더 많은 사랑을 나누어야겠다고 생각했다. 작년 크리스마스였다. 평상시 크리스마스에는 우리 부부만 조용히 보냈는데, 이번에는 시댁 부모님, 친정 부모님과 함께 시간을 보내고 왔다. 크리스마스에 자녀들 내외가 와서 부모님과 함께 시간을 보내주는 것만으로도 큰 감동을 받으신 듯 했다. 곁에 있어드린 것만으로도 큰 선물이 된 것 같아 참 기뻤다. 좋아하시는 부모님들을 보면서 "앞으로 오래오래 함께 크리스마스를 보냈으면 좋겠다." 라는 소망을 하였다. 지금의 부모님들께 또 앞으로의 우리 자녀들에게 매 순간을 소중히 여기며 후회 없이 사랑하고 싶다.

너를 품에
안으며

아이의 출산은 산모로 하여금 굉장한 고통과 수고를 필요로 한다. 무엇보다도 안전하게 보호되어야 하며, 경이로운 순간을 함께 축복해 주어야 하는 과정이라고 생각한다. 그런데 아이 역시도 이 세상을 처음 만나게 되는 날이기도 하다. 깜깜했던 엄마 뱃속에서 있던 아이가, 환하고 시끄러운 세상을 느끼게 될 것이다. 아이역시 부모만큼 큰 충격이며, 놀람의 연속일 것이다. 또한 엄마의 정서에 매우 민감하게 영향을 받게 되므로 아이를 가진 엄마는 자신의 마음의 평안과 안정감을 유지하도록 노력해야 한다고 생각한다. 아이를 제일 먼저 품에 안으면 "아가야, 엄마는 너를 환영한다."라고 아기에게 조건 없는 사랑을 줄 수 있도록 노력할 것이다. 오늘은 이제 태어난 아이에게, 환영한다는 뜻을 담은 미래편지를 써 보려고 한다. 이 미래편지가 훗날 아이가 읽어 볼 수 있는 날이 어서 빨리 왔으면 하는 바람을 담아서 쓴다.

-아가야 사랑한다

엄마에게 와 준 것만으로도 너무 고마운데, 이렇게 밝은 세상에 태어날 수 있도록 애써주어 예쁜 얼굴을 볼 수 있어서 너무나 고맙구나. 어쩜 그렇게 예쁠수 있을까? 엄마 뱃속에 있었을 때부터 어찌나 활동적이던지, 튼튼하고 건강할거라고 예상했었지만 어쩜 이렇게 건강할 수가 있을지, 10달 동안의 긴 시간동안 엄마 품에 꼭 붙어서 건강해 질 수 있음에 감사하다. 엄마뿐만 아니라 아빠도 너를 위해서 10달 동안 기도하며, 소망해 왔기에 너의 탄생을 보며 아빠가 얼마나 기뻐하셨는지 몰라. 눈물도 별로 없는 아빠가 눈물까지 펑펑 흘릴 정도였으니 말이야.

친할머니, 친할아버지, 외할머니, 외할아버지 삼촌, 고모 등 많은 가족들에게도 너는 감동 그 자체였어. 우리 모두는 제일먼저 하나님께 영광과 감사를 드리고, 감사예배를 드렸단다. 너는 하나님이 주신 특별한 아이야. 많은 사람들에게 사랑받기 위해 태어났지만 무엇보다도 하나님께 사랑받기 위해 태어난 자녀란다. 엄마는 네가 이 사실을 꼭 기억해주었으면 좋겠어. 엄마 역시도 하나님께서 이 세상에 목적이 있어서 보내신 사랑받기 위해 태어난 자녀이고, 너 역시도 이 세상에 존재하게 된 하나님의 놀라우신 계획과 뜻이 있다는 것을 말이야. 우리 모두는 이 세상에서 각 자 주어진 역할을 감당하기 위해 태어났어. 엄마가 지금 해야 하는 역할은 너를 잘 보살피고 양육하는 거란다. 그래서 엄마는 너를 만나기 전부터 너를 그리며 이것저것 많은 생각과 꿈을 갖게 되었어. 앞으로 부모가 된다면 이렇게 이렇게 해 주고 싶다. 라는 큰 그림도 그려보았고, 너는 어떤 사람이 되었으면 좋겠다 라고도 그려보기도 했단다. 비록 함께 생활하면서 많은 부분을 놓칠 수도 있겠지만, 그 때마다 잊지 않고 기억할 수 있도록 말이야. 아빠는 또 어떻게? 너와 함께 하고 싶은 목록들을 100가지도 넘게 쭉 계획하고 있을 정도로 너를 기쁘게 해주려고 참 많이도 노력하고 계셔. 그러나 무엇보다도 네가 건강했으면 좋겠어. 하나님이 주신 성전 같은 육체를 우리가 잘 다스리고, 활용해서 많은 사람들의 기쁨과 행복을 위해 쓰여졌으면 좋겠거든. 엄마, 아빠도 너와 함께 많은 것들을 하고 싶어서 늘 열심히 운동하며, 감사하는 마음으로 살고 있어.

하나님이 허락하신 그날 까지는 우리 모두가 건강하고 행복해서 많은 추억을 함께 나누고 싶어. 우리 가족을 위한 추억도 많이 쌓고 많은 사람들을 도울 수 있는 추억도 많이 쌓으며 잊지 못할 추억들을 많이 만들어 가고 싶거든. 엄마는 늘 기대해. 우리 아가에게 하나님이 주신 특별한 은사와 소명은 무엇일까 라고 말이야. 우리 각자만의 이익을 누리는 삶이 아닌 많은 사람들에게 선한 영향력을 끼치며 행동할 수 있는 우리 가정이 되었으면 하는 바람이 있어. 늘 현재 주어진 삶과 모든 것에 감사하고 자족할 수 있는 삶을 함께 꾸려 나가고 싶어. 엄마도 아빠도 이 모든 꿈을 이룰 수 있도록 말로 그치지 않고 꼭 행동으로 보여주는 부모가 될게. 사실은 엄마, 아빠가 너를 만나기까지 조금은 담대한 마음이 필요했었던 것 같아. '엄마가 정말 좋은 엄마가 될 수 있을까?' '아빠가 정말 좋은 아빠가 될 수 있을까?'라는 생각이 들었던 적도 있었어. 너에게 부족한 부모가 되지 않을까라는 생각 때문에 그랬던 것 같아. 하지만, 그런 생각은 참 어리석은 생각이었던 것 같아. 언제나 늘 완벽한 부모가 될 수는 없지만 너를 사랑해 주는 것만큼은 세계 어느 누구보다도 일등으로 사랑해 줄 수 있는 자신감이 있거든. 너의 할머니, 할아버지들이 엄마, 아빠에게 보여주셨던 사랑만큼 엄마, 아빠 역시도 너를 그렇게 조건 없이 무한한 사랑을 보여줄 거야. 엄마는 너를 선물 받으면서 모든 세상이 달라보였어. 작은 것에도 소중하고 감사하는 마음이 더 생겼던 것 같아. 당연하게 생각했던 햇살도, 매일 느꼈던 바람도 모두 새롭게 느껴지고, 감사하게 되었지. 우리에게 주어진 당연한 것들이 사실은 당연한 것들이 아니었고 감사해야 한다는 사실을 느끼게 되었어. 너를 위해 미리 준비해 둔 것 같은 이 모든 것들에 당연히 감사하게 되었어.

때로는 엄마가 살면서 힘든 날도 있었단다. 마음이 많이 상했던 날, 몸이 많이 상했던 날, 무언가에 도전했을 때 실패했었던 날, 하고자 하는 것들을 이루지 못했던 날 등, 생각만 해도 눈물이 날것만 같은 힘든 날들 말이야. 그러나 그런 힘든 날들은 오늘의 너를 만나기 위한 단련된 시간들이었던 것 같아. 그런 힘든 시간까지도 감사하는 마음이 생겼으니 말이야. 너 역시도 이 세상에 살면서 수많은 어려움을 만나겠지만, 그 모든 것들의 과정이 소중하다는 생각을 꼭 해주었으면 좋겠어. 지금 이렇게 흘러가는 시간을 잡고 싶을 만큼 행복한 순간이 올 거니까 말이야. 엄마, 아빠는 너를 만나기 위해 매일 아침마다 날짜를 세며, 기도를 했어. 하나님이 우리에게 주어진 순간과 시간들을 감사하며 말이야. 앞으로 만들어갈 함께할 시간들 역시도 우리에게는 너무나 소중하기에, 조금도 후회 없이 사랑하도록 우리함께 노력하자.

엄마, 아빠는 너에게 조건 없는 무조건적인 사랑을 줄 마음이 이미 준비되어 있지만 엄마, 아빠에게 뿐만 아니라 너는 수많은 사람들에게 사랑받을 아이란다. 엄마, 아빠의 바람은 많은 사람들에게 많이 사랑받은 만큼 많은 사람들을 사랑할 줄 아는 넉넉한 마음을 가진 아이이기를 바래. 꼭 그래줄 수 있지? 그렇게 되기 위해선 먼저 너 자신을 사랑하는 멋진 아이가 되었으면 좋겠어. 이 세상에 너라는 존재는 다시 태어날 수 없는 유일무이한 소중하고 고귀한 존재란다. 누군가에게 꼭 사랑받지 못하더라도 너 자신을 믿고 너 자신을 스스로 응원하고 격려하고 아껴줄 줄 아는 사람이라면 그 어떤 어려움도 자신 있게 뿌리쳐 나갈 수 있고, 그 어떤 도전도 거뜬하게 해 낼 거라 믿는다. 엄마, 아빠도 그런 너를 언제나 응원하고 끝까지 신뢰할게. 네가 무엇을 하든 어떤 것을 좋아하든 너의 의견을 존중하며, 누가 뭐래도 믿어주는 엄마, 아빠가 되고 싶구나. 너 자신을 위해 스스로 하고 싶은 것을 찾은 것만큼 대단하고 멋진 일은 없는 거란다. 내 심장이 떨리는 무언가를 찾았다는 것은 이 세상에서 가장 축복받은 일이야. 그런 멋진 순간을 놓치지 말았으면 좋겠어. 무엇보다 엄마, 아빠는 너의 행복을 소망하고 기도할 거야. 항상 기뻐하라, 쉬지말고 기도하라, 범사에 감사하라는 성경말씀처럼 어떤 상황에서든 하나님을 인해 항상 기뻐하고, 쉬지말고 기도하는, 범사에 감사하는 아이로 자라기를 너를 처음 만나는 자리에서 엄마, 아빠는 두 손 모아 꼭 기도한다.

오래전부터 그려왔던 우리 아가. 어느 날 선물같이 엄마에게 와주어 다시 한 번 감사해. 우리 평생 행복하자. 사랑해!

매순간
행복하자

행복이라는 단어의 뜻은 생활에서 충분한 만족과 기쁨을 느끼어 흐뭇함. 또는 그러한 상태를 뜻한다. 행복은 어떤 행동이나 사물에 의해 느껴지는 것이 아니라 우리의 일상생활에서 느끼는 만족과 기쁨이 느껴질 때 뜻한다고 한다. 사람들에게 꿈을 물어본다. 이것저것 꿈을 잘 말하는 사람이 있는가 하면, 나는 꿈이 없어요. 라고 머뭇거리는 사람들도 있다. 그러나 꿈이 없다고 주저주저 하는 사람들조차도 대부분 마지막 목표는 행복한 삶이라고 말한다.

행복한 삶 아마 모든 사람들의 목표이자 꿈이지 않을까 싶다. 그럼 언제 행복할 수 있을까? 성공하게 되면? 돈 많이 벌게 되면? 누가 말해주지도 않았는데 대부분의 사람들은 나중에 성공하게 되면 행복할 거라는 마음이 있다. 그로인해, 성공을 위해 우리는 가족과의 행복은 잠시 미뤄둔다. 정말 조금 미뤄 두면 행복할 수 있을까? 시간이 지나고 꼭 후회되는 33가지 글을 읽어보았다.

우리가 잠시 미뤄둔 그 시간이 흐르면 후회하는 것들은 무엇일까? 돈을 더 못 벌어서? 더 많은 일을 못해서 일까? 대부분은 사람들은 가족과 더 함께 시간을 보내지 못한 것에 대해 후회한다고 한다. 자신의 일을 위해서 열심히 최선을 다해서 일을 하는 것은 당연히 우리가 해야 하는 일이다. 하지만 분명하게 말하고 싶은 것은 어떤 이유에서든, 가족과의 질적인 시간이 우선시 되어야 한다는 것이다. 가족과의 삶이 오늘 계속 되었다고 내일도 계속 될 수 있을까? 아마 가족과의 함께할 수 있는 마지막 시간을 아는 사람은 아무도 없을 것이다. 그렇다고 매일 걱정만 하고 사는 것 또한 잘못된 생각일 것이다. 사랑하는 사람과 결혼한 후 참 행복했다. 매일 집에 갈 때마다 헤어지기 싫었던 남편과 저녁 늦게까지 데이트를 하고선 집에 함께 가는 것만큼 행복한 게 없었다. 그런데 행복감과 동시에 불안함이라는 감정이 동시에 찾아왔다. 이 행복이 멈춰지면 어떻게 하지? 이 행복이 오래가지 않으면 어떻게 하지? 라는 생각이 들었기 때문이다. 그렇게 두려워 할 시간에 지금 현재 남편 눈 한 번 더 맞춰주고, 손 한 번 더 잡아줄 수 있는 시간일 듯한데 말이다. 그런 두려움을 갖지 않기 위해서라도 지금 현재 이 순간을 사랑해야 한다.

지난 주일 교회에서 예배를 마치고 집으로 돌아가는 차 안이었다. 겨울이라 그런지 차 안에 습기가 껴서 유리창에 늘 성애가 끼었다. 슥슥 휴지로 닦아 보아도 어차피 다시 생기는 성애를 보면서 문득, 남편에게 깜짝 사랑고백을 해볼까나? 라는 생각이 들었다. 애교 가득한 말투로, "사랑해용, 여봉." 이라는 글씨를 써서 10개 이상의 하트를 그리곤, "여보, 내 마음이야." 라며 운전하는 남편을 콕 찔렀다. 운전할 때 다른 곳에 시야를 두는 것은 위험한 일이지만, 깜짝 고백에 남편의 입가엔 미소가 가득했다. 우리는 그 순간 적막했던 차 안에는 알 수 없는 충만한 행복감으로 쌓이게 되었고, 별 것 아닌 행동으로 남편에게 좋은 마음을 선물하기도 했다. 행복하다는 것의 정의는 주관적이겠지만, 적어도 내가 느꼈던 행복은, 정말 아주 작고 사소할수록 마음속으로 더 크게 느낄 수가 있었다. 돈도 안 들고 쉬운 방법은 사랑을 표현하는 것이다. 정말 작은 일에도, 고맙다고 표현하고, 기념일도 아닌 날에 뜬금없이 사랑을 표현하는 것. 의도하지 않았던 사소한 것들이 행복감으로 쌓이고 쌓이게 되는 것 같다. 자신을 위해서는 돈을 참 안 쓰는 남편에게 어느 날 7월1일이라고 예쁜 넥타이를 하나 선물했다. 7월 1일이 어떤 기념일이 있어서도 아니었지만 우리에게 주어진 7월 1일이라고 하면서 작은 쪽지와 함께 선물을 건넸다. 비싼 선물은 아니었지만 아내가 얼마나 자기를 생각하고 있는지 느낄 수 있었던 시간이었을 거라고 생각된다.

아침 잠이 많은 나보다 늘 먼저 출근하는 남편을 못 챙겨준 날이 많이 있다. 너무 미안했지만 더 미안하다고 느꼈던 건 남편의 포스트잇 쪽지였다. 사랑한다, 어제보다 오늘 더 사랑한다. 오늘도 좋은 하루 되라고 내용이 매번 별 다르지 않았지만 늘 새로운 행복감을 주었다. 작지만 쉽지 않은 행동들이기에 고맙고 미안한 감정이 교차했던 것 같다. 어찌 보면 결혼생활도 이런 사소한 것에서 감사와 행복을 느끼고 사소한 것에서 섭섭함이 드는게 결혼 생활 아닐까 싶다. 아직 경험이 많이 쌓이지는 않았지만 그동안 느꼈던 내 마음이 말해주고 있는 것 같다.

꼭 결혼 생활에서만 느낄 수 있는 것일까? "행복의 영향력은 내 스스로가 온전히 행복감으로 둘러싸여 있지 않으면 상대방에게 전달해 줄 수 없다. 혼자일 때에도 스스로 행복할 수 있는 사람만이 다른 사람에게도 행복감을 전달해 줄 수 있는 것이다. 스스로 행복하다고 생각하지 않는 사람은 행복하지 않다." 퍼블릴리더스 사이러 작가의 말이다.

지금 내 모습, 내 상황, 내 존재에 대해 감사와 행복이 넘쳐야만 그것이 흘러 흘러 남에게도 전달된다. 내가 지금 내 현실이 너무나 짜증나고 예민하고 답답한 마음이 가득한데, 어떻게 행복한 마음을 전달할 수 있을까? 행복해서 웃는 게 아니라 웃어서 행복하다는 말도 있다. 처음에는 이 말을 절대 믿을 수가 없었다. 행복한 마음이 없는데 어떻게 웃을 수가 있어? 라고 반문했다. 하지만 감정도 습관이다. 내가 행복하겠다고 마음도 연습하면 행복해질 수 있다.

감사하겠다는 마음을 연습하면 감사하는 마음이 나도 모르게 생긴다. 그럼 반대로 짜증난다고 생각하면 계속 짜증난 일이 생기기 마련일 것이다. 어떤 것을 선택할 것인지는 나의 몫이며 나의 선택이다.

어느 날 병원을 잠시 들렀다가 너무나 불친절한 간호사 덕에 기분이 나쁜 적이 있었다. 그로 인해 내 얼굴까지 울그락불그락 했었고, 다음 스케줄을 가는 도중까지도 마음이 편하지 않았다. 그러나 되돌아보니, 아침에 감사일기로 쓰고 온 나였다. 그럼에도 불구하고 남이 나에게 한 행동으로 내 기분을 스스로 망치고 있었다. 나는 기분이 나쁘기로 내 스스로 선택한 것이다.

다시금 마음을 다 잡고, 매 순간 이 순간 행복하기로 결정했다. 내가 결정한 순간부터 나는 행복한 사람이 된 것이다.누구나 행복한 사람이 되기를 꿈꾼다. 나 역시도 인생의 최종목표는 "행복한 삶"이다. 하지만 그 행복은 앞으로 펼쳐질 먼 미래에 있는 것이 아니고 과거에 있었던 좋았던 추억에 있는 것도 아니다. 나의 행복한 삶은 바로 오늘 지금에 있으며, 지금 행복하기에 앞으로도 행복할 것이라 믿는다.

　지금 현재의 나의 모습은 과거에 내가 생각하고 행동했던 결과이다. 나의 과거에 육체적으로 행복하도록 노력했고, 정신적으로 행복하도록 노력했다면 지금 내가 훨씬 더 행복할 수 있는 가능성이 더 크다. 1년 전부터 계속 몸에 안 좋은 음식들과, 나쁜 생활습관들로 나의 몸을 힘들게 했다고 해보자. 1년 뒤인 오늘 과연 그때만큼 계속 행복할 수 있을까? 몸이 아프면 상대적으로 행복할 수 있는 확률이 떨어진다. 정신과 육체는 분리될 수 없다. 지금 내가 아픈 것이 정말 몸으로 인해 아픈 것인지 마음으로 인해 아픈 것인지 잘 생각해보면 몸보다 마음 때문에 몸이 아픈 경우가 많이 있을 것이다. 과학적으로 얼마나 정확할지는 모르겠지만 개인적으로는 그랬다. 어렸을 때부터 참 많이 약했던 나는 어쩌면 엄마아빠에게 대한 애정결핍의 결과물이었을 수도 있었겠다 싶다. 부모님의 진짜마음은 물론 자식들을 더 생각했었겠지만 항상 다른 집사님들 딸, 아들이 더 우선순위 인 듯한 모습을 보면서 나는 어떻게 하면 엄마, 아빠의 사랑을 받을 수 있나 무의식적으로 많이 애썼을 것 같다. 언젠가 상담을 받으면서 엄마가 어떨 때 나를 사랑해주는 것 같아요?라는 질문을 받았을 때 나는 "내가 아플 때요." 라고 말했다 .나도 몰랐던 나를 들여다보니 내가 아파야지만 엄마가 온전히 나에게만 눈길을 보여 주고, 관심을 가져주는 것 이 좋았다. 평상시에 나를 사랑하시지 않는 건 아니었지만 표현이 서툰 엄마, 아빠에게 인정받고자 온전히 나만을 위한 엄마, 아빠가 되기 위해서 부단히도 노력했던 것 같다. 내가 아파야지만 내 눈을 마주쳐 주었다고 믿었던 내가 생각한 엄마의 모습……. 그때의 그 상처는 성인이 되어서까지도 이어진 듯했다.

내가 약해 보이고 아픈 모습일 때 사람들이 나를 더 봐주는 것 같기도 했었다. 일부로 아픈 행동을 하거나 아프게 한 건 아니지만 그런 생각들 때문에 쉽게 나약할 수 있었던 것 같다. 얼마나 바보 같은 생각이었는지. 하지만 때론 그 이면의 모습을 내 스스로를 돌아볼 때 얼마나 짠한지 모른다. 성인아이의 모습이 몇 십 년이 지나도 그대로 있는 모습. 이런 나의 모습을 보면서도 아이보다 더 무서운 것은 성인아이의 모습이라고 느꼈다. 몸은 컸고 지식은 자랐지만 진정 원하고자 하는 것은 아이 때와 별반 다르지 않은 성인의 모습. 이 모습도 내 본모습이기에 끌어안고 함께 사랑해주어야 한다. 나의 이런 모습을 내 스스로 느끼면서, 성인아이의 모습이 아닌 정말 아이의 모습 때에 기억에 남는 그런 장면과 상황은 그 아이가 커서 성인이 되어서도 굉장한 영향을 미치는구나 라는 것을 많이 느꼈다. 아마 이런 나의 안타까운 모습에서 앞으로의 아이들에게는 비켜나가게 해 주고 싶은 마음을 더 크게 느끼는 듯하다. 단순히 무조건 잘 키우고 싶고 내가 원하는 대로 자라게 하고 싶은 마음이 아니다.

권영애 작가님의 책 제목처럼, 그 아이의 단 한사람이 되어주고 싶다는 마음이다. 매 순간 최선을 다해서 서로 사랑하고, 표현하고, 후회 없는 행동을 하는 그런 나, 그리고 우리 가족 모두가 서로의 단 한 사람이 되어주기를 소망한다.

세상 모든
엄마들에게

이 글을 쓰기 전까지 어쩌면 나는 엄마라는 호칭에 두려움 마음이 있었는지도 모르겠다. 아직은 부모가 될 준비가 된 것 같지 않고 엄마가 되기엔 늘 부족하다고만 생각했다. 나에겐 단순히 설렘과 행복의 단어만은 아니었다. 하지만 나를 돌아보고, 글을 쓰면서 앞으로 엄마가 될 모든 과정 속에 두려 웠던 내 마음이 기대감으로 바뀌게 되었다. "부족한 나"라고 생각했던 모습에서, 나의 존재만으로도 한 아이를 향한 깊은 사랑을 줄 수 있을 것이라는 용기가 생겼고, 아이와 함께 그리고픈 미래를 향한 소망을 쓰면서 주변의 다른 아이들에게도 더 관심을 갖게 되었다. 엄마라는 타이틀을 갖겠다고 생각한 순간 나는 뭐든 할 수 있을 것만 같았고, 그 어떤 것도 잘 할 자신감이 생기게 된 것이다.

이 세상에 가장 위대한 이름 "엄마." 한 아이를 긴 세월을 걸쳐 품은 쉽지 않은 과정과, 힘든 출산의 과정마저도 이기게 하는 그 힘은, 과학적으로 감히 설명이 될 수 있을까? 잉태와 출산 과정 뿐만이랴, 아이를 키워가는 그 과정의 노고는 경험하지 않은 자 알 수 없다. 엄마가 대단한 것은 알았지만, 결혼을 하고 출가를 해서 보니, 대단한 정도가 아니라, 인간이 아니라 신이 였나? 라는 생각이 들 정도였다. 밥 한 끼 차려 먹는 것도 귀찮고 힘든데 매 끼 마다 매 번 다른 음식, 다른 간식으로 가족들의 건강과 식사를 챙겨주신 엄마의 대단함은 결혼하고 나서 더욱 뼈져리게 느꼈다. 그 뿐만 아니다. 자녀들의 교육과 진로, 양가에서 해야 할 역할, 한 남편의 아내로서의 역할 등 한 사람에게 주어진 역할이라고 하기엔 어쩌면 좀 과한 것이 아닐까 싶었다. 그럼에도 불구하고 이 모든 것을 감당할 수 있는 힘은 바로 엄마이기 때문이다.

이것은 꼭 우리나라에서만 국한된 이야기는 아닐 것이다. 언어는 다르지만 엄마라는 단어는 모든 사람이 듣기만 해도 울컥하지 않을까 싶다. 아마 그 이면에 내포된 한 여자의 희생에 대한 감사함과 존경함에 따른 것이 아닐까 싶다. 교사시절 때 많은 아이들을 만나본 동시에 많은 어머니들을 만나 볼 수 있었다. 대부분 일을 하셨고, 늦게 아이를 데리러 오는 부모님들도 꽤 많았다. 10시간이 넘게 쉬지 않고 일하고 오심에도 불구하고 아이들을 만나면 첫 인사가 "엄마가 너무 미안해."였다. 물론 아이와 긴 시간동안 떨어지고, 일찍 데려오지 못한 것에 대한 미안함이 드는 것은 당연할 것이다. 그러나 그런 모습을 아이에게 보여주는 것은 그리 좋은 영향을 주는 것 같진 않아보였다. 물론 아이도 엄마와 함께 오래 지내고 싶은 생각이 많지만,

그 시간동안 친구들과 시간가는 줄 모르고 놀고 있었는데도 불구하고, 엄마의 그런 반응에 아이들은 금방 "맞아, 엄마가 좀 너무했어." 라는 식의 눈빛을 보내는 모습에 꽤 많이 놀랐다.

반면 똑같은 시간에 아이들을 데리러 와노 엄마 역시도 놀고 온 것이 아니라, 열심히 너를 위해서 일을 하고 온 것이라는 말과 마음을 심어준 엄마를 본 아이들은 엄마를 만나게 되면 "열심히 돈 벌고 왔어?" 라며 물어보는 것까지도 보았다. 너도 잘 놀았니? 하면서 엄마와 아이가 서로 각자 있는 곳에서 최선을 다 했구나 라는 느낌을 서로 줄 수 있었다. 긴 시간동안 아이와 떨어져 있는 부모의 마음이 어찌 다를 수 있을까. 하지만 각자의 역할에 충실하자 라는 마음을 공유한 가족들의 대화와 표정은 훨씬 더 행복해 보였다.

친정어머니는 기독교 대안학교 교사로 근무하셨다. 일을 하면서 아이들에게 더 좋은 방법과, 흥미를 느낄 수 있는 것들이 무엇이 있을까 하다가 1년 전부터, 공방을 다니시기 시작했다. 처음 의도는, 아이들에게 더욱더 좋은 수업방식과, 흥미를 유도하기 위해 다녀보기 시작하였는데 지금은 엄마의 그 무엇과도 바꿀 수 없는 소중한 그 무엇이 되었던 것 같다. 그 시간에 엄마는 스트레스 해소 뿐만 아니라 그 시간 자체를 즐기시고 있었고 하나하나 만들어가지는 여러 작품들 속에서 성취감을 맛보게 되셨다. 마음이 즐거우니 표정도 밝아졌고 몸이 아픈 횟수도 많이 줄게 되었던 것 같다.그 모습을 보면서, 자식으로써 참 기분이 좋았고,항상 본인 위주보다는 가족들을 돌보는 것에만 치중된 삶이였던 시간들보다 엄마가 정말 자기 자신을 위한 자기개발이 가족들에게 얼마나 큰 긍정적인 작용을 하는지 느끼게 되었다.

그만큼 엄마 자신의 삶을 가꾸는 삶만큼 또 가족에게 좋은 영향을 주는 것이 없는 것 같다.

이 때다 싶어 지수경 작가님의 《아주 작은 습관》이라는 책을 선물하고 엄마의 새로운 작은 도전을 응원했다. 책을 보고 감명을 받은 엄마는 지금 하루에 한 개씩 자신의 작품을 블로그에 포스팅을 하며 행복한 나날을 보내고 계셨다.

블로그를 시작한지 얼마 되지 않았지만 그 속에서 정말 많은 엄마들을 만나게 되었다. 어린나이에 엄마가 된 분들, 늦은 나이에 엄마가 된 분들을 막론하고, 자기개발에 참 열심히 이신 분들을 많이 보게 되었다. 엄마로써의 삶도 열심히, 사는 분들은, 육아도 씩씩하게 감당하고 있었다. 그런 많은 분들을 보면서 엄마로서의 삶은 또 다른 인생이 시작되는 구나. 라는 긍정적인 생각을 많이 얻을 수 있었다.

나도 항상 무언가 도전하는 엄마가 되는 것이 꿈이다. 각자의 엄마가 할 수 있는 재능을 갖고 많은 사람들과 공유하고 더욱더 따뜻한 세상을 만들어 갔으면 좋겠다. 엄마는 그 무엇도 할 수 있는 힘과 능력이 있는 존재이기 때문이다.

우리나라에서 아직 임산부에 대한 시선이나 여성에 대한 일자리 등 개선해야할 것들이 많이 있지만 앞으로는 더 좋은 방향과 정책으로 우리 아이들이 살아갈 나라에는 더 따뜻하고 밝은 세상이 오리라 믿는다. 더불어 이 세상의 모든 엄마들이 일구어낸 시간들 덕분에, 우리가 지금 이렇게 편하게 살 수 있었으리라 생각하며, 그 분들의 희생, 그 분들의 삶을 잊지 않는 내가 되어야겠다는 생각도 들었다.

마지막으로, 엄마가 아이들 앞에서 또는 남편 앞에서 당당한 모습으로 함께 살아가자고 말하고 싶다. 나의 블로그 닉네임은 용기마눌이다. 처음에 많은 분들이 용기 있는 마누라가 되고 싶어 그런 닉네임을 쓰는거구나 라고 생각했다. 용기있는 마누라를 넘어 모든 일에 용기있는 엄마가 되고 싶은 마음도 있었고 남편의 실제 본명이 용기였기에 너무나도 딱 맞는 닉네임이라 생각했기 때문이다. 이 글을 쓰기까지 정말 많이 고민하고 두렵기도 하여 선뜻 나서지 못하였다. 옆에서 할 수 있다고 격려해 준 남편이 아니었다면 아마 지금 이 시간에도 나약하고 위축된 마음으로만 살았을 것 같다. 지면을 빌어서 남편에게 정말 감사하다고 전하고 싶다. 30년 이상을 가족들을 위해 희생하며 살아오신 엄마가 30년 만에 자기 자신을 돌아보며 행복한 모습을 보며 언제든 자기 자신을 위한 삶을 꼭 찾는 과정을 즐길 수 있었으면 좋겠다고 생각했다. 엄마가 행복해야 아이도 행복하다. 엄마가 불안하지 않아야 아이도 불안한 삶이 아닌 안정된 삶을 살 수 있을 것이다. 나 또한 많이 불안한 삶의 연속이었다. 그러나 내가 그런 생각이 습관화 되면 고스란히 아이에게 전달될 수 있겠구나, 라고 깨닫고 부터는 하루하루가 기대감과 설렘으로 살고 있다. 엄마가 행복해야 아이도 행복하다는 이 한 문장을 오늘도 기억하고 많은 분들과 나누고 싶다.

너와 함께
꿈을 꾸고 싶어

고등학교를 졸업하고 들어간 대학에서 신입생들은, 입학하는 기쁨과 동시에, 허무함이 느껴진다고 한다. 내가 이거 하려고 이렇게 고생했나 싶은 생각에 말이다. 열심히 대학생활을 하며 취업준비에 밤잠을 설치고 몇 년을 힘들게 공부한 후 취직을 하면 또다시 허무하다고 한다. 그것은 입시가 마지막 꿈이었고, 취업이 최종목표였다고 생각했기 때문이 아닐까 싶다. 우리나라 현재 많은 학생들에게 "꿈이 뭐예요?" 라고 물어보면, 대부분, 의사요, 선생님이요, 경찰이요 등등 직업으로 이야기 한다. 그것이 마지막 꿈이라고 생각하기 때문에 그 꿈을 이룬 뒤에는 오히려 그 모든 것을 이루고 나서부터, 도전과 희망에 대한 열정이 없어지기에 당연히 허무하게 된다. 꿈은 단순한 직업이 아니다. 또한 그 꿈이 아주 작건, 크건 그것은 개인에 따라 당연히 다르며, 자꾸 새로운 목표를 향해 나아가야 한다.

꿈을 꾼다는 것, 어쩌면 지금 현실 앞에 너무나 큰 걸림돌이 있는 상황이라면 미래를 꿈꾸는 일 조차 너무 버거울 수 있다. 하지만 나는 그럴수록 더욱 더 꿈을 꾸라고 이야기 해주고 싶다. 나 역시도 꿈에 대해 굉장히 회의적인 사람이었다. 나는 이런 사람이 되고 싶은데 당장 이루어지지 않을 것 같았고, 그리고 해도 안 될 것 같은 생각까지도 들었다. 그러나 어느 날, "현재는 과거에 내가 꿈꾸고 생각했던 것에 대한 결과다." 라는 책속의 한 문장을 보고 그때부터 더 나은 미래를 위해 꿈을 꾸기 시작했다. 아니 어쩌면 억지로라도 꿈을 가져보려고 노력했다. 단순히 꿈만 가졌을 뿐인데 내 삶의 질은 180도 바뀌게 되었다. 만나기만 하면 "너는 꿈이 뭐니?" "10년의 삶은 어떨 것 같니?" 라며 물어보는 한 지인을 보면 너무 부담스럽기까지 했다. '내가 지금 꿈을 꿀 수 있는 상황도 아니다.'라는 생각으로 가득했고 '지금 나는 왜 이 정도 밖에 안될까.' '지금 왜 이 정도 밖에 한 게 없지.'라는 생각에서, '이 정도나 했구나.' '앞으로는 더 나은 삶이 되었으면 좋겠다.' 라는 기대와 희망이 가득한 마음을 갖고 나서부터는 하나하나 이뤄지는 것까지도 경험하게 되었다.

엄마가 되고, 가족구성원이 많아지면서 아무리 남편이 많이 도와준다고 해도 분명 안 보이는 부분에서 까지 엄마의 역할과 책임이 참 많이 따를 것이다.점점 여자로서의 삶은 잃어버리는 것 같은 느낌에, 엄마들이 우울해할 수 밖에 없을 것 같다. 엄마를 위해서 꿈을 갖는 것도 좋지만, 아이를 위해서 엄마의 꿈은 반드시 필요하다. 아이는 부모의 뒷모습을, 그리고 부모의 꿈대로 자라난다고 한다. 아직 다 자라지도 않은 아이가 꿈이 없다고 말하는 모습을 부모가 본다면 굉장히 마음 아플 것 같고 아마 걱정되어서 잠도 안 올 것이다. 아이와 함께 희망을 갖고, 도전하고 성취하는 모습을 보여 준다면 각자 서로에게 좋은 영향을 줄 것이라 믿는다.

얼마 전 잠깐 근무했던 교육회사에서 엄마와 자녀 꿈 찾기라는 프로그램에 스텝으로 일한 적이 있었다. 그 프로그램은 엄마와 자녀가 함께 서로의 꿈을 들어보며 함께 토론하는 과정이었다. 초등학교 5학년에서 중학교 3학년의 아이들과 엄마로 구성되어 진행하였다. 처음에는 굉장히 주뼛주뼛 어색해 하던 아이들이 엄마의 지난 꿈을 들어보고, 부모역시 몰랐던 자녀들의 속 이야기를 들어보니 서로간에 공감과 이해를 더욱더 많이 할 수 있었던 시간이었다. 대부분 엄마들은 나도 꿈이 있었구나 라는 것을 다시 깨닫게 되어서 너무 기쁘다고 했고, 아이들은 엄마의 꿈이 신기하다고 했다. 즉, 엄마도 꿈이 있는 사람이라는 것을 처음 깨닫게 된 것이다. 몇 십 년을 아이들 뒷바라지만 하고, 워킹맘은 또 워킹맘대로의 자기의 커리어를 쌓으며 지내면서 정말 중요한 자기를 잃어버리게 되었다고 한다. 길지 않은 시간동안 서로의 꿈을 들어보고 자신이 어떤 소명을 가지고 태어났는지, 자신의 천재성은 무엇인지 알아보며 더욱 더 친밀한 관계로 돌아갈 수 있었다. 아이들의 사춘기는 마침 시간적으로 엄마의 갱년기와 거의 맞물리게 되어있다. 내가 누구인지, 나의 소명은 무엇인지, 나는 그 동안 잘 살아왔는지, 앞으로 어떻게 살아갈 것인지 고민하게 되는 제2의 사춘기가 갱년기이다. 사춘기의 자녀와 갱년기의 엄마가 자기를 찾아가는 여행을 따로 또 같이 하게 되면서 가족의 의미를 되새기게 되면서 진정한 가족을 느끼게 되는 것 같았다.

온 가족이 서로의 꿈을 알면 정말 현재 각자 서로가 무슨 생각을 하고 있는지 어떤 소망을 하고 있는지 알 수 있다. 무의식적으로 자연스럽게 응원해 줄 수밖에 없을 것이며, 서로의 꿈이 하나하나 이루어지는 과정을 함께 보면 누구보다 같이 기뻐해 줄 것이다. 그런 드림패밀리를 만드는 게 나의 또 다른 꿈이다. 아이의 꿈을 응원해주고, 부모의 꿈을 응원해주며 서로에게 좋은 피드백을 또한 영향력을 줄 수 있는 그런 모습. 처음 꿈을 찾고 나면 마치 다시 태어난 듯 강렬한 행복감에 빠질 것이다. 그렇게 소중한 꿈을 함께 찾았으니 이제부터라도 열심히 살겠노라 생각한다. 하지만 사람은 참 간사해서 현실에 뛰어난 적응력을 가진 존재다. 새해가 되면 항상 큰 목표와 계획표를 짜고 며칠 실행하다 이내 금세 시들어진다. 그러므로 정말 중요한 일은 일상생활에서 꿈에 다가가는 길을 선택하는 습관을 들이는 일이라고 생각한다.

《아주 작은 습관》 지수경 작가는 물을 너무 안 먹는 자기 자신을 보고 하루 물 2잔을 먹는 것부터 최소 습관을 시작했다고 한다. 보통 하루에 물 1.5리터를 먹는 것이 좋다고는 하지만 처음부터 그렇게 먹기 시작했다면 아마 중간에 포기했을 수도 있었을 것이다. 자신에게 맞는 습관으로 하루에 물 2잔 먹는 것을 실천했더니 그 습관은 포기하지 않게 되었고, 계속 목표달성을 맛보곤 성취감을 느껴 또 다른 좋은 습관들이 욕심이 생겼다고 한다. 하루 2잔 물 먹기로 시작된 습관이 엄마의 좋은 습관을 형성되는 데 굉장한 도움이 되었고, 점점 더 큰 욕심과 꿈이 생기면서 굉장한 에너지를 받게 되었다고 한다. 그 모습을 본 딸아이가 엄마의 좋은 습관을 본받게 되었다고 한다. 역시 자녀의 최고의 롤모델은 부모이다. 부모가 긍정적인 모습, 도전하는 모습을 본 자녀들 역시도 긍정적이고 도전적이 될 거라 믿어 의심치 않는다. 지수경 작가 역시도 연약한 체력 탓에 늘 예민했었고 긍정적이기

보다는 부정적일 수밖에 없는 삶이었다고 한다. 그러나 어느 날 점점 자신의 모습과 똑같이 닮아가는 듯한 딸아이를 보면서 여러 최소습관을 갖게 되었고, 그렇게 작게, 천리길도 한걸음부터가 아닌 반걸음부터라는 마음으로 자신에게 맞는 습관을 갖게 되면서 자신이 달라지고, 아이가 달라지고, 결과적으로 가족이 달라졌다고 한다. 엄마가 가지고 있는 꿈을 향한 열정이 가족을 변화 시킬 수 있던 것이다.

나 역시도 엄마의 자기개발을 보면서 나도 열심히 자기개발을 하며 살아야겠다는 생각이 더욱 강하게 들었다. 심리상담과 성격유형에도 관심이 많았던 엄마 덕에 20대 때 이미 관련 책들을 수도 없이 보게 되었고, 남편과 결혼 전 많은 검사와 상담으로 서로의 다른점과 공통점을 알게 되었다. 상대방을 아는 순간 우리는 이해하게 된다. 상대방에 대한 오해와 섭섭한 마음과 미움이 생기는 요인 중에 하나는 상대방 때문일 수도 있지만 그 상대방을 모르기 때문에 즉 무지하기 때문에 생기는 것이라고 생각한다. 상대방이 어떨 때 좋아하고, 어떨 때 슬퍼하고, 어떨 때 행복한지 정말 조금만 알게 되면 무슨 일을 하든지 상대방의 생각에서 바라볼 수 있는 시야가 생긴다. 남편과 나는 정말 성격유형이 극 반대이다. 어떻게 이렇게 맞지 않는 유형이 함께 살 수가 있지? 라는 말까지 들어본 적도 있다. 그 만큼 극 반대의 성격유형을 갖고 있다. 물론 지금은 서로가 서로에게 좋은 영향을 받으며 조금 더 달라질 수 있었을 것 같지만, 아직도 다른 점은 굉장히 다르다. 물론 결혼 전 그리고 결혼 후에 이루어진 많은 성격유형 검사와 지도 덕에 서로를 더 이해할 수 있었을 수도 있다. 그러나 우리 부부를 한 방향으로, 한 마음을 가질 수 있게 될 수 있었던 가장 큰 요인은 나는 "서로의 꿈을 알고 나서부터라고 생각한다." 서로가 정말 원하는 소망이 무엇인지, 서로가 정말 가고자 하는 방향은 어떤 방향인지에 대해 틈만 나면 대화 하다 보니, 자연스럽게 상대방에 대한 우선순위와 바라고자 하는 점을 알 수 있게 되어 어느 순간에는 응원해 줄 수 있는 든든한 조력자가 되었다. 이 모습이 우리 부부에게 끝나지 않고 앞으로 함께 할 우리 자녀들과 함께 만들어가기를 바라고 또 바란다. 상대방을 이해하고 믿어준다는 신뢰만 바탕이 되어있다면 더 좋은 관계로 만들어질 거라 의심치 않는다. 아이의 원하는 모든 꿈을 응원해주는 꿈이 있는 엄마, 꿈이 있는 아빠의 모습으로 그 누구보다 꿈을 응원해주는 꿈 서포터스가 되고 싶다.

가장 듣고 싶은 말,
괜찮아!

새해가 되면 이곳저곳에서 소망과 소원을 담기 카드를 써서 전시하는 이 벤트를 많이 한다. 번화가에 나가기만 하면 어디든지 쉽게 볼 수 있는 풍경이다. 글씨쓰기 좋아하는 나로서는 이런 이벤트는 빠짐없이, 신청하곤 한다. 소망을 담은 글들을 보면 "우리가족 건강하게 해주세요." "승진하게 해주세요." "취업하게 해주세요." 등등 각자 개인이 담고 있는 소망을 담아있는 것을 많이 보게 된다. 얼마 전 남편과 서울 63빌딩 전망대에 간 적이 있다. 거기에도 수많은 꿈과 소원을 적는 공간이 있어서 한참 구경할 수 있었다. 여러 가지 소원들을 보면서 순간 초등학교 때 소원의 나무에 소원을 붙였던 기억이 났다. 단 한 번도 생각하지 못했던 거였는데 우연히 생각나게 되어 얼마나 깜짝 놀랐던지.

초등학교 5학년쯤이었던 것 같다. 교실 뒤 게시판에 소원나무에 각자의 소원을 적을 수 있도록 담임 선생님께서 만들어 주셨다. 매달 주제가 바뀌었는데, 하루는 부모님에게 가장 듣고 싶은 말, 내가 하고 싶은 말을 적는 시간을 갖게 되었다. 내가 하고 싶었던 말은 그리 크게 다른 아이들과 다르지 않게 평범하지만 가장 좋은 말 "부모님, 사랑합니다."라고 적었다. 그리고 부모님에게 가장 듣고 싶은 말은 바로 "괜찮아."였다. 부모님이 "괜찮다." 라고 해주지 않으셔서가 아니라 그 어린 나이였음에도 불구하고 부모님께서 괜찮다 라는 말이 나에겐 가장 기분 좋은 말이라고 생각했었나 보다. 아마 들어도 들어도 행복감을 주는 말 바로 부모님이 나에게 해주신 "괜찮다." 라는 말이 아닐까 싶다. 부모의 "괜찮다." 라는 말 한 마디가 자녀에게 굉장한 안정감을 선물해 준다. 부모의 편안한 정서가 아이에게 그대로 전해지기 때문이다.

신입교사 때 나는 평소에 코피가 나지 않는 체질이라 상대적으로 코피가 잘 나는 아이들을 보면 어찌할 바를 몰랐다. 하지만 그럴 때 교사가 아이들 앞에서 벌벌 떨 수는 없는 법. 전혀 안 괜찮았지만 늘 괜찮은 척으로 "응응, 금방 멈출 거야." 라는 말로 달래주곤 했었다. 익숙해진 건지, 말의 효과인지 나중에 아이들이 코피가 나도 아무렇지 않게 대처할 수 있었다. 아이들 역시 코피가 나는 모습에 깜짝 놀랐지만 이내 선생님의 대처에 따라 아이들의 반응도 달라졌다. 담임 교사를 보고도 아이가 변하는데 하물며 늘 정서를 교감하는 엄마와는 어떨까. 더불어 다치는 아이들도 참 많이 보았다. 선생님 2명이 바로 앞에 서 있는데도, 심지어 어떤 때는 손을 잡고 걸어가다가도 넘어져서 다치는 아이들도 봤다. 그 만큼 아이들이 있는 곳에는 아무리 안전하게 주의를 하여도 다치는 게 생활일 정도로 크고 작은 일들이 많이 일어난다. 가벼운 타박상으로 밴드만 붙여줘도 되는 사소한 일일수도 있지만, 병원에 가야할 정도로 심각한 부상을 당하는 아이들도 참 많이 보았다. 지금에서야 말하지만, 그 때마다 부모님의 반응을 비교하는 것이 참 다양했다. 정말 누가 봐도 별 일 아닌 일에 온 동네가 떠들썩하게 호들갑을 떠는 엄마의 모습. 심각한 일이였지만 차분함과 단호함을 유지하는 엄마의 모습. 결론은 호들갑을 떠는 엄마보다 차분하게 대처하는 부모의 아이들은 마음의 회복 속도가 빨랐다. 이유는, 어떤 상황이 일어났을 때 문제를 바라보기 보단 아이의 감정을 먼저 바라보기 때문이다. 당연히 사람인지라 심각한 상황에 물론 차분하지 못할 수도 있다. 나 역시도 아이도 아닌 남편이 어디가 다쳤다고 하면 마음이 철컥 내려앉는 일이 종종 있다. 하지만 이미 일어난 일은 그 전으로 되돌릴 수 없다는 사실을 잊지 말아야 할 것이다.

주어진 현실에 바라보고 더 나은 것을 위한 점은 무엇이 있는지 생각해 보는 게 어쩌면 가장 현명한 방법이 될 수 있을 것 같다. 사실 안 좋은 일을 보게 된 부모보다 다친 아이가 더 놀랬을 것이다. 왜냐하면 직접적인 당사자이기도 하지만 부모가 나에게 어떤 반응을 보일까 라는 두려움에 쌓여 있을 것이기 때문이다.

어쩌면 내가 아픈 것보다 부모님이 뭐라고 하실까, 심하게 혼나지나 않을지 더 두려워하는 마음이 앞설수도 있을 듯하다. 규칙과 질서에 심하게 어긋난 행동을 보였을 때에는 당연히 훈육해야 한다. 공감과 존중이 바탕되어 있는 훈육에 대해서는 나 역시 언제나 찬성이다. 하지만 그 전에 존재에 대한 공감을 바탕으로 한 대화가 먼저 이루어져야 한다. 그 모든 일보다 아이의 그 존재자체가 중요하다는 마음 우리는 어쩌면 매일매일 잊고 살고 있지는 않을까? 나는 내 스스로에게 괜찮다고 말해줄 수 있을 만큼의 정서적으로 안정되어 있는 삶을 살고 있을까? 나는 타인의 감정을 수용할 줄 아는 사람인가? 라고 생각해 볼 필요가 있다.

사실 타인의 감정을 인정해줄 필요까지도 없다고 생각한다. 상대방이 나 힘들어 라고 퉁명스럽게 대답해도 '오늘은 그런 날이구나. 힘들구나.' 라고 말만 해 주면 된다. 꼭 무엇을 해주려고 하지 않아도 된다. 연애할 때 남편은 여자의 심리를 참으로도 몰랐다. 연애경험이 많이 없었다고 해도 몰라도 너무 모른다 싶을 정도일 때도 있었다. 직장일 또는 개인적은 일로 감정적으로 힘들어 하고 있을 때, 그 때의 남자친구였던 남편은 안절부절을 하였다. 여기까지도 좋았다. 그런데 앞으로 내가 뭘 해줄까 뭐해주면 될까 하면서 그 다음을 항상 물어보곤 했다. 물론 여자친구가 힘들다고 하는데 그 당시 남자친구였던 지금의 남편은 당연히 문제에 대해 해결해 주려고 하고 도와주려고 했다. 도움이 필요한 경우도 있었지만 여자들이 감정적으로 흔들릴 때엔 사실 대부분 곁에 있어주고 들어주고 공감해주기만 해도 된다. 청년시절 교회에서 크리스챤 청년들의 건전한 교제에 대한 강연을 들은 적이 있다. 남자의 심리와 여자의 심리에 대해 비교분석 해주시면 여자는 생각보다 굉장히 단순한 존재라고 했다. 여자친구가 무슨 말을 하면 네 단어 이외는 필요한 게 없다고 했다. 그 네 단어는 바로 "헐, 대박, 정말?, 웬일이야." 이 네 단어만 반복적으로 이야기 해주면 되는데 남자들은 그걸 몰라서 여자친구랑 그렇게 싸우는 것 같다는 이야기를 했다. 그 당시 우레와 같은 여성분들의 박수와 환호성을 받은 것으로 기억이 된다.

단순한 이 네 개의 단어는 모두 마음의 공감을 얻는 말이다. 곧 사건의 사실보다 감정적으로 위로해 주는 것이 상대방으로 하여금 점수를 얻게 되는 것이다. 연애할 때의 마음은 어린아이와 같이 순수해지는 것을 감안하여 볼 때 상관이 없는 이야기는 아닐 것 같다. 다행히 지금의 남편은 예전과는 비교도 할 수 없을 정도로 제일 먼저 감정을 헤아려 주는 남편으로 조금씩 노력해 주고 있다. 사람의 성격과 기질은 한 번에 바뀔 수 없다. 아니 어쩌면 절대로 변하지 않는 것일 것이다. 하지만 상대방이 느끼는 것이 사랑이라고 느끼지 않는 것을 굳이 일부로 조금도 변화 없이 내 방식대로 고집하는 것만큼 시간낭비, 마음낭비, 체력낭비가 아닐 수가 없다. 나 역시도 남편이 싫어한다고 생각하는 것은 어떻게든 지키려고 부단히 노력한다. 어렸을 때 부모님에게 가장 듣고 싶은 말이 "괜찮아." 였지만, 결혼 후 지금 남편에게 가장 듣고 싶은 말 역시 "괜찮아."였을 것 같다.

앞으로는 내가 "괜찮아" 라고 해 줄 수 있는 여유로운 사람이, 여유로운 엄마의 모습이었으면 좋겠다. 우리 아이도 자라서 우리엄마가 해주었던 가장 좋았고 행복했던 말은 "괜찮다…"라는 따뜻한 말이었다고 생각해 주었으면 좋겠다. 늘 자신을 믿어주고, 신뢰해주고, 어떤 상황에서도 자기의 존재를 먼저 생각해 주는 그런 엄마였다는 사실을 말이다. 올해 친정엄마의 나이 60살이 되셨다. 최근 여러가지로 개인적으로 많이 힘들어 하고 계셨는데, 엄마로서의 삶으로 33년 이상 지난 요즘은 내가 엄마에게 "괜찮아, 인생은 60부터야." 라는 말을 전했다. 그 농담 같은 어줍지 않은 말이 엄마에게 큰 위로가 되었다고 하셨다. 딸인데도 불구하고 얼마나 의지가 되는지, 가끔씩 엄마보다 나은 것 같다는 이야기를 들을 때 칭찬이니 당연히 기분이 좋다가도 마음이 짠하다. 나중에 우리 아이도 나에게 이렇게 위로해주는 날이 오겠지. 꼭 나이가 많이 들어서 먼 미래가 아니더라도, 서로 괜찮다고 잘 할 수 있다고 이것쯤은 별거 아니라고 위로해주는 가족이 되었으면 좋겠다. 그런 마음이 쌓이고 쌓여, 그 누구도 넘지 못할 단단한 우리만의 울타리가 되어, 서로의 아픔을 보듬고 마음과 마음을 이어주며 보살펴주는 그런 따뜻한 가족이 되었으면 좋겠다.

마치는 글

심장이 두근거려 잠을 이룰 수가 없다. 살면서 이토록 행복했던 순간이 얼마나 될까?

치유의 글쓰기를 하시는 이은대 작가님을 만나 이 책을 쓰면서 울기도 하고 또 행복했다. 모든 것을 글로 기록하며 나의 삶을 되돌아보고, 하루하루 감사의 마음을 품으며 '작가'의 꿈을 갖게 되었다. 부족함이 많은 사람이라 여겼던 나에게, 글을 쓰면 책이 된다는 작가님의 강한 동기부여 덕분에 자신감을 갖고 시작한 것이 오늘의 이 책을 출간할 수 있었던 계기가 되었다.

나만 멈춰버린 듯한 시간이라고 느꼈던 힘든 시기에 여러 분야의 책을 접했고, 아직 예비 부모였는데도 불구하고 부모교육 관련 책을 많이 만날 수 있었다. 그렇게 우연히 보게 된 책들로 인해 나는 더욱더 부모가 될 마음의 준비를 할 수 있었고, 늘 모호했고 자신감 없었던 부모로서의 두려웠던 마음이 기대와 사랑의 마음으로 변할 수 있었다.

나를 위한 작은 한 줄 한 줄이 모여 책이 완성되다니. 처음엔 '어떻게 한 권을 다 채울 수 있을까?'라는 막연한 생각을 갖기도 했지만, 이내 나는 한 장, 한 장 오래전부터 그려왔던 앞으로 함께 만들어갈 우리가족을 향한 소망을 담은 글을 완성할 수 있었다. 꿈꾸던 모든 것들이 금방이라도 이루어진 듯한 마음에 흥분을 감출 수가 없었다.

결혼 후 계속된 악재에 모든 것이 원망스러웠지만, 돌아보면 안 좋은 기억 하나까지 나에게 없어서는 안 될 소중한 경험들이었다. 그 시간들 덕분에 나를 찾고 돌아보고자 했던 노력들이 있었고, 육체의 건강을 잃어버렸던 경험조차 은혜로 여길 수 있었다. 나의 마음의 변화로 인해 같은 상황 같은 문제가 모두 감사함으로 바뀌게 되었다.

아직 아이를 갖지 못한 사람이 아이에게 전하는 삶의 이야기를 글로 쓰려니 썩 내키지 않았다. 책 한 권이라는 많은 분량을 쓰는 동안 아이를 향한 간절한 마음을 담아보라는 이은대 작가의 권유로, 나는 매일 기도하는 마음으로 글을 썼다. 마치는 글을 쓰고 있는 지금, 나의 뱃속에는 하나님이 주신 선물인 축복이가 신나게 요동치고 있다. 가슴 벅찬 기쁨과 기적 같은 현실에 눈물이 멈추지 않는다.

나의 이야기를 적은 글이다 보니 의도치 않게 가족들의 이런저런 모습들이 많이 언급되었다. 부모가 된다는 마음으로 나의 아이를 바라보며 글을 쓰니 그 누구보다 부모님 생각이 참 많이 났다. 부모님 역시 각자의 인생에 있어 부모라는 타이틀을 처음 경험하며 얼마나 많은 시행착오를 겪으셨을까 생각하니 가슴 한 켠이 아려온다. 지나온 시간들에 대해 지면을 통해 부모님에게 감사와 존경의 말을 전하고 싶다.

평범하고 평온했던 지난 날, 나는 모든 것이 당연하다고 생각했다. 지난 몇 달간 가장 크게 바뀐 마음가짐은 모든 것을 당연하게 여기지 않는 생각과 태도다. 지금 카페에 앉아 노트북으로 글을 쓰는 이 소중한 시간도 감사하고, 창가에 비쳐주는 늘상 보던 따스한 햇살도 새롭고 감사하다. 내 앞길, 내 문제에 가득했던 시선에서 주변을 천천히 돌아보며 앞으로 이 세상에서 어떻게 살고 사랑해야 하는지 조금은, 아주 조금은 알게 된 것 같다. 늘 감사하며 사는 행복한 사람, 사람들의 삶에 행복을 주는 사람이 되고 싶은 나의 꿈이 아이를 기다리며 보낸 이 시간에 조금 더 가까이 다가와 준 것 같아 감사하다.

책을 쓰는 이 행복했던 시간을 가능하게 해준 마음세상 식구들에게 마음 속 깊은 고마움을 전한다. 하나님이 우리에게 주신 아이에게 좋은 선물이 되었으면 하는 바람과 나와 함께 작가의 꿈을 이룬 세상에 다시 없을 늘 변함없고 한없이 자상한 사랑하는 남편, 정용기님에게 감사와 사랑을 표하고 싶다.

마지막으로 삶의 모든 순간마다 우리를 가장 선한 길로 인도하시는 하나님아버지께 모든 영광을 돌린다.

"사람이 마음으로 자기의 길을 계획할지라도
그의 걸음을 인도하시는 이는 여호와시니라. 잠언 16:9"

2017년 가을을 기다리며
김선미

우리 만나는 그날

초판1쇄 발행 | 2017년 9월 11일

지은이 | 김선미
펴낸이 | 공상숙
펴낸곳 | 마음세상

주소 | 경기도 파주시 한빛로 70 507-204

신고번호 | 제406-2011-000024호
신고일자 | 2011년 3월 7일

ISBN | 979-11-5636-132-9 (03810)

문의 및 원고 투고 | maumsesang@nate.com

ⓒ김선미, 2017

국립중앙도서관 출판예정도서목록(CIP)

우리 만나는 그날 / 지은이: 김선미. – 파주 : 마음세상, 2
017
  p. ; cm

ISBN 979-11-5636-132-9 03810 : ₩13000

수기(글)[手記]

818-KDC6
895.785-DDC23   CIP2017019266